KB271356

한국문화예술위원회
Arts Council Korea

맑은 날을 매다

ⓒ 이도훈, 2018

지은이_ 이도훈

펴낸곳_ 도서출판 도훈 /376-2017-000061
발행일_ 2018년 10월 5일
교　정_ 유수진
디자인_ 한가윤

사무실_ 서울시 용산구 이태원로15길 14-4
전　화_ 0507-1453-4621, 010-6722-4621
팩　스_ 0504-227-4621
이메일_ flyhun9@naver.com
홈페이지_ http://www.dohun.kr

ISBN 979-11-89537-00-5

ISBN_ 979-11-89537-00-5 03800
정　가_ 11,000원

"이 책은 2018년 아르코문학창작기금 수상작가의 작품입니다."

「이 도서의 국립중앙도서관 출판예정도서목록(CIP)은 서지정보유통지원
시스템홈페이지(http://seoji.nl.go.kr)와 국가자료공동목록시스템(http://
www.nl.go.kr/kolisnet)에서 이용하실 수 있습니다. _CIP2018029575」

맑은 날을 매다

이도훈 시집

좋은 책 만드는
도서출판 도훈

이도훈 시인 첫 시집 『맑은 날을 매다』

서사序詞

시인 이도훈은 사람됨이 우선 착하고 부지런하고 지혜롭고 의욕적이다.

수학학원 원장에 출판사 사장에 하는 일도 많지만, 온갖 문화행사에 궂은 일을 도맡아 하면서도 늘 미소 지을 뿐, 짜증 내거나 화 내는 걸 나는 그에게서 본 적이 없다. 매사 긍정적이다. 공자제자 안회처럼 순순히 듣고만 있다가 그가 할 수 있는 최선의 결과물을 내놓는 인간형이다.

무엇보다 시 짓기에 그는 열정적이다. 어느 정도 재질을 타고났겠지만, 수원에서 화성 송산까지의 거리가 상당한데, 그럼에도 불구하고 그는 부지런히 그 먼 길을 내왕하며 나에게서 시적체험을 사숙하기 삼사 년에 당당히 시인으로 등단했고 꾸준히 시를 써 모아 2018년도 아르코창작지원금을 받아 첫 시집을 내기에 이르렀다. 축하한다.

사실은 나도 동지원금을 신청했건만 나는 낙방하고 그가 선정된 것이다. 하지만 나는 내가 수혜한 것 이상으로 기쁘고 자랑스럽다. 그야말로 청출어람이다.

후생가외라 하는데, 과연 나는 날다 이도훈 시인의 젊은 감각이 부럽고 든든하다. 장래가 더 기대된다.

2018년 10월
지화자농장에서 정대구

차
례

- 공지사항 -

아침에 일어나면
날짜와 요일을 꼭 확인하세요.
당신의 날인지 아니면
당신을 기억하는 누군가의 날인지.
많은 사람이 나의 날이 아닌 날들을
열심히 계산하면서 살아가지요.
세 번 거짓말한 양치기 소년의 이야기를 알면서도
하루 세 번, 삼십 번
양들의 공포 속에서 살아요.
양의 털은 부풀어 오르는 일을 하고
그 털을 깎지 않으면 죽어요.
그러나 그 털을 깎고
앙상한 당신을 보게 된다면
당신이 죽겠죠.

그런 날들 속에서
출근을 하고, 부서를 배정받고, 시무식을 하죠.
급여를 받고 승진도 하면서 마지막 여분에는
누구나 의연하고 비겁해지죠.
자신을 용서하고 떠나버리거든요.
실재하는 슬픔과 장례절차들만 남아요.
그러니 제발
일어나면 먼저 날짜를 확인하세요.
오늘이 당신의 날인지 아니면
당신을 기억하는 누군가의 날인지.

서류 가방과 이별하다

비트겐슈타인과 쉼보르스카를 읽으려다
오랜 친구 샘소나이트를 떠나보냈다
언젠가 야수로 돌변한 가방 이야기를 읽은 적은 있지만
그가 내 곁을 떠났다는 것을 알았을 때는
무한 회전하는 2호선 전철을 갈아타고 있을 때
한 손에 매달려 종일 따라다니고 있는
또 누군가의 시집을 바라보며
그에게도 잠깐이나마 쉴 시간이 있었으면 하고 생각할 때
나도 잠깐 어디에 기댔으면 하고 두리번거리다가
말 없는 내 친구도 좀 쉬게 하려던 때였다

원래 가방들은 내성적인 사각이라
묵묵히 한 줄의 이빨들을 열 수도 있겠지만
수정하려고 인쇄해 놓은 궤양의 흔적을 보고
내가 시인인 줄 알려줄 테고
수첩 속 일과표는 내가 어디쯤 있을지 말해주겠지만
웬걸 이리 많이 먹어치웠냐고 타박도 하겠지만

낡고 허름한 겨울 같아서
곳곳에 하얀 가시가 도사리고 있고
만질 때마다 타다만 재가 묻어나 아무도
내 가방을 열어보지 않을 것
그래서 다시는 돌아오지 못할 것이다

어젯밤 시작노트를 꺼내 논 것이
다행일지 불행일지는 모르겠고
가끔 터진 실밥을 태우는
불 고문을 하지 않아도 돼 다행이다 싶기도 하고
더는 짐꾼 노릇을 안 해도 돼 다행이다 싶기도 하고
선반 위에서나 분실물센터 창고에서
곰곰이 긴 시간을 취할 수 있어 참 다행이란 생각이지만
뻣뻣한 손때가 손끝에서 너무 가볍고
떠나간 역할을 위해
몇 개의 손을 더 구입해야 할 것 같기도 하다

유리병 숭배

아버지는 유리병 숭배자였다

한 사람에게 귀한 것을 달리 말하면
여러 사람에게는 무익한 것이다.
유리병은 난폭한 성격이었지만
늘 똑같은 노래로 비워지던 신념과 고집이었다.
그것은 셀 수 없는 종교
늘 달래서 마개를 닫아야만 했던 불콰한 노을 같은 것
넘어진 유리병 속에서 흘러나오던
휘파람 같은 것

아버지를 기울이면
깨진 사금파리가 쏟아졌다

투명하던 유리병은 멍들어갔다.
유리병 제조자가 유색 병을 만들었고
당신의 모습이 사라지더니
내 모습도 사라졌다.
나는 아직도 불로 갈증을 달래던
불같은 아버지를 병 속에 넣지 못했다.

어쩌다 가지런해지는 유리병을
가지런한 아버지가 지켜보곤 했다.

기울인 소리로 벌떡 일어나던 날들을
잠시 낮게 가라앉혀 놓고
날뛰는 구속과 고요한 구속을 갈등하던
시큼한 과일이 상해가는 말투로
바람 든 손끝으로 옮겨 다니던
아버지의 투명한 체념
텅 빈 유리병을 땅속 깊숙이 묻고
미처 따르지 못한 아버지의 숭배엔
셀 수 없는 병목 구간이 있었다는 것을
알았다.

1부

1971년의 표지

1971년의 표지

어머니 궁전에서 뛰쳐나와 한바탕 울었다.

그때 이미 난

한 아이의 아비가 될 줄 알았고

시인이 될 줄 알았고

언젠간 다시 어머니의 곁으로 돌아갈 줄도 알았다.

그때쯤 먼지를 배불리 먹은 내 원고는

책장 외진 곳에 축 처져 있을 줄 알았기에

더 슬프게 울었다.

병들어 나약해진 아버지는 어깨춤을 췄다

방적 공장에서 귀를 잃은 어머니는 어렴풋이 내 울음을

들었다.

동생 때문에 꽤나 속 썩은 누나들은 마냥 웃기만

서울의 하늘은 늘 허기졌다.

전쟁 후 남북이 처음 만났고

실미도를 뛰쳐나온 군인들은 수류탄이 되었다.

시간이 정지한 그린벨트의 땅에도 봄은 왔다.

기억은 소파에 기댄 채 늘어진다.

젊음이 그리운 허리띠는 후덕한 다이어트를 고민 중

너무 구식은 아닌가?

거울에 증명서를 비춰본다.

수첩도 잊은 지 오래된 1971년

지워져 간 표지 끝자락을 움켜쥔다.

목련

피었다.

중학교 국어 시간,
창문 너머로 뻗은 당신의 손끝에서 하얗게 피었다.

꽃잎 떨어진 텅 빈 교정에서
처음 시가 피었다.

환하게 핀 목련은 몸살이다.
환절기 고열 같은 것,
아랫목을 뒤집어 쓴
불타는 체온이다.

가난했던 날 오후 같은 환한 꽃이
왠지 나는 좋다.

햇살만 검게 그을려갔다.
봄날이 화사한 것은

마당 한켠에 불 지피는 아궁이 같은 목련나무가 있고
빈 솥이 끓여내는 맹물 같은
희망이 있기 때문이다.

그렇게 지지 않을 듯 하다가도
환절기 감기처럼 알음알음 넘어간다.

아침마다 목련꽃이 핀다.
방문 사이로 봄바람이 분다.
세수하고 머리 빗고
어서 피고 싶어 달아오른 꽃봉오리다.
봄날은 인생은
약에 취해 몽롱한 오후처럼 빠르니
너무 서두르지 말아라.

목련이 피려는데
자꾸 딴지를 건다.

기분이라는 표정

울먹거리며 쏟아져 나오는

울음을 먹는다.

얼굴은 되삼켜진 울음들로 넘친다.

눈으로 코로 어깨로

빠져나갈 수 있는 모든 틈을 찾는다.

기분이란 나도 모르게

찾아 먹는 표정들일까.

기분들에는 다양한 표정이 있다.

조금씩 쌓인 분노와 슬픔,

기쁨 같은 것이 표정을 찾아갈 때

얼굴은 무덤덤하게 모른척했을까

표정 뒤에 숨은 기분과

기분으로 과장되는 표정들은

몸속, 어디에 숨어 있던 것들일까.

갑자기 튀어나오는 욕설은

순식간에 사라지는 웃음은

안과 밖을 나누어 갈 곳이 있는 것일까.

두 가지 일에 두 마음을 먹지 말라는

옛 성어成語처럼

때를 분간하지 못하는 기분이

한 가지 표정으로 모일 때가 있다.

표정에는 자리가 없다.

이입된 감정들이 기분 따라 흔들리다가도

변할 수 없는 처음에 부딪힌다.

소리친다.

달려든다.

과장된 표정 뒤에 숨었던 기분들이

울먹이며 뛰쳐나오면

빈 어깨가 마구 흔들린다.

마라톤

봄이 달린다.

가벼운 가로수를 지나

건각健脚 같은 한 줄 아지랑이 속을 달린다.

어제 앞서 달린 꽃들은 반환점에 섰다.

오버페이스를 모르는 봄은

오르막에서도 지치지 않고 달린다.

가로수들의 기억을 더듬고

등 번호 없이 달리는 봄

이어달리기 하듯 꽃들이 피고 날린다.

비닐하우스를 지나

온갖 양지를 다 들렸다가

상춘객들의 환호를 받으며

최상의 마라톤 코스를 달린다.

높새바람의 공중경례를 받으면서 강변을 지난다.

함성이 만개한 결승점을 향해

급수대의 봄비를 마시고

바짝 따라붙는다.

예열된 창틀 앞에서
밤잠 설치는 꽃무늬 이불 속에서도
봄은 풀코스를 달릴 것이다.

셔틀콕

지붕 빗물받이 청소를 하다

몇 마리 새를 찾았다

게임도 놀이도 아닌 일들이 당신과 나 사이를 날아다녔다

곡선의 끝엔 착지가 있었겠지만

우리는 서둘러 쳐올렸던가

몇몇 단어는 결국 우리의 곁을 떠다니고

라켓은 낮거나 짧은 관계를 잘도 띄워 올렸다

짧은 공중을 날던 스크래치들

목말을 피해 장대를 피해 아주 깊숙이 숨어있던 하얀 새

빠져나간 깃털 하나는 누구의 몫이었을까?

깃털은 낡은 교훈이 되었다

띄워 올리거나 날려 보냈던 시간도 모두

새가 되었다.

왜 놓치는 일들로 점수를 매겼을까

뚝 끊어진 말끝마다 점수를 잃고

우리는 동점이 되어간다

새들이 절벽에서 떨어지고 있다

날지 못한 것은 늘 날아오르는 꿈을 꾼다.

응원은 늘 반반씩이다

야유가 응원으로 들리기도 했지만

격려가 가끔 비난으로 착지했다

배운 것과 다르게 나쁘게 사는 데 익숙하다.

마당도 공터도 없고

공중의 왕복은 더더욱 없는 새의 놀이

멀리 날려 보내려 할수록 가까이 떨어졌던 셔틀콕

아니, 덩그러니 놓인 하얀 새

집어 들고 다시는

받을 수 없는 곳으로 날려버린다.

으쓱거리는 어깨

내 어릴 적 살던 동네에는 유난히 어깨를 으쓱거리는 사람이 있었다. 용병으로 정글을 누비고 훈장을 받고 동네에서 처음으로 텔레비전을 산 사람이었다.

그는 유난히 오른쪽 어깨를 으쓱거렸으므로 마을 사람들은 모두 오른쪽 어깨를 선호하거나 신봉하게 되었다. 말도 오른쪽 말을 하고 욕설도 오른쪽 말로만 했다. 당연히 왼쪽의 어깨는 소외되었다. 우리는 세상에서 왼쪽이라는 것을 존재하지 않거나 죄악시되는 것이라 여겼다. 마을을 오른쪽으로만 돌았고 왼손잡이를 경멸했으며 늘 오른편만 들었다. 우리는 그를 따라 오른쪽으로 다녔고 오른손만 들어 올렸다. 왼손잡이의 자리는 늘 구석이었다.

고등학교에 들어가서 복싱을 배웠다. 라이트, 레프트를 연이어 맞으면서 누구에게나 양손이 존재했다는 사실을 알았다. 절박한 구석으로 몰렸을 때는 더더욱 양쪽 손이 필요했다.

왼쪽을 보기 시작하면서, 위아래와 양옆을 보는 눈
이 생겼고, 그가 왜 유난히 오른쪽 어깨를 으쓱거렸는
지, 왜 왼쪽 발이 한참 짧은지 알게 되었다. 유난히 짧아
졌던 내 왼쪽 발이 막 자라기 시작할 때였고 절뚝거리는
내 그림자를 버린 날이었다.

원시와 근시

어떤 책은 시력이 좋고 어떤 책은 시력이 둔하다고 한다.

하나의 안경을 둘로 나눴다. 사람의 몸에 유리를 갈아 낄 수 있다는 것, 깨질 수 있는 눈이 있다는 것, 세상도 나를 보려면 유리를 통해야 할 것이다. 근시와 원시, 두 개의 시력으로 나를 더듬어야 할 것이다.

불편과 편리가 서로 교환된다.
문득 돌아가신 아버지가 눈 사이를 휙, 지나간다.

눈은 중심에 그늘을 두고 있고 늘 손차양을 요구한다. 우주의 소실점이 되었다가 백야를 지나는 흑점이 된다. 시베리아 횡단 열차에 덜컹대던 원시 안경. 가까운 날들 과 먼 날들의 공존은 지루했다. 책은 흑점의 파편들로 가득하고 종신형을 사는 자작나무들이 차창을 지나치 고 있었다.

내가 선택한 날들의 모든 눈이 깨지고 그 파편들이 흰 자위를 파고든다. 안경테를 골라주세요. 도망가려는 유리알의 중력 같은. 근시는 원시에 다다랄 수 없는 세대와 세대 같은 것. 자꾸 무언가를 놓치는 일은 원시 때문일까 근시 때문일까. 지극히 시력이 정상일지 모르는데 늙은 의사가 퇴보한 착각으로 날 안경 속에 가뒀을 것이다.

어제 깨져버린 안경은 다시 쓰지 않겠다.
근시를 선택한 하루는 땅만 보고 걸어 다녀야 한다.

책갈피

책, 한 장 한 장마다 손잡이가 있다.

오른쪽은 들여 읽고 왼쪽은 쓸어 읽는 습관이 있다. 책 안에는 책을 읽고 있는 사람들과 양을 키우는 사람들이 있다. 작은 관목 숲 혹은 풀밭 같은 주석들이 장마다 돋아나 있다. 304페이지 책장을 넘기다 양을 찾아 헤매는 양치기를 보았고 낭떠러지 끝에 매달린 양을 찾았다.

둘은 늘 다른 책장에 있었다.

세상의 모든 집은 표지가 있다. 대문과 베란다 창문 사이에는 304가지 이야기가 있다. 대문은 남의 것이어서 늘 방치되고 무시되었다. 베란다 창문 밑에는 뛰쳐나가려는 양들로 번잡하다. 잠이 오지 않는 날은 베란다에 누워 양들의 비행을 바라본다. 뛰쳐나간 양은 곧 길 잃은 꿈이 된다. 대문에는 음악이 달려있고 음악은 하루 종일 책의 서두를 기록한다.

'꽝!'

한 번의 소리엔 들어오고 나간 사람의 기록과 그날의 날씨와 운세 늦은 귀가까지 예언되어있다. 오래전에 집을 나간 형의 페이지는 목차에서 빠졌고 새초롬하게 접어놓은 큰누나가 등져있다. 울고 있는 작은 글자를 닦아 주었다.

간지마다 거울이 달려있고 연로하신 어머니가 맨 뒷장에 앉아계신다. 오래전 돌아가신 아버지는 찾지 못했다. 아마도 다른 책에 꽂아 둔 것 같다.

오른쪽을 넘겨 왼쪽을 읽는다. 그리고 다시 오른쪽, 지나간 페이지는 어제처럼 슬프고 강아지 한 마리가 책장 사이를 뛰어다닌다.

대답

동그란 감자 씨를
세 쪽으로, 세모꼴로 나누어 심었다.
땅속은 난감했을 것이다.
땅속에서 골똘히 궁굴렸을까
갸우뚱, 세모꼴들은
동그랗게 바뀐다.

한 알의 씨감자가
땅을 설득하고
요동치게 만들었던 것이다.
지구의 소속이니까
별의 본을 떠올렸을 것이다.

지진도 없이
울렁거리지도 않고
감자알 크기의 땅속을 내주는
여름 땅,
한 줌의 햇살과

한 손바닥 빗물만으로
둥글둥글 살찌는 감자는
삐걱거리지도 않고 툴툴거리지도 않고
모난 종자쯤은 스스로 버린다.

봄, 세모에 단 한마디를 던졌을 뿐인데
주렁주렁 둥근 대답을 듣는다.

앉아,

개의 간식을 들고

앉아, 앉아를 반복한다.

꼬리치던 말은 어느새 다소곳한 말로 바뀐다.

맛있는 말투와

다정한 행동을 기억하는 개의 학습.

인류는 눈앞의 이익을 떠나

사방의 이익으로 진화했다.

어느 한목숨의 밥줄을 잡고

앉아, 일어서를 반복했던 부류와

몇 마디 치욕의 말끝에서 벌어지던 밥

과식의 몸짓을 자랑으로 여겼고

한 번 사냥으로 배를 채우던 오래전 버릇은

여전히 진행 중이다.

돌이켜보면

앉아, 일어서만 잘 따라도

먹고사는 개의 처세를 부러워해야 할 지경

다그치는 언어로

앉아, 일어서를 반복하면서

스스로 주문을 거는 수많은 행동이

앉거나 일어선 일들

몇 마디의 말끝에서 밥을 챙기다 보면

사방에 숨어있는 혈연과 양육의 관계들이 나온다.

야생과 사육의 사이에서

높낮이가 다른 시선의 경계 사이에서

여전히 앉아, 일어서를 반복한다.

방향을 묻다

공중엔 지지직거리는 난청과
얽히는 일들이 분명 있다.
굳이 물어보거나 밝히지 않을 뿐
그곳도 구석이 있고 처마 끝 같은 곡선이 있어
잘 흐르던 위성 신호가 엉키기도 한다.
그때 안테나를 돌린다.
텔레비전 속에서는
앉아있던 새의 무리가 날아간다.
난청은 날아다니다가 어느 한 가지에 몰려 앉는지
또 지지 직, 날아간다.
그 난청을 피해 방향을 찾다 보면
투명하고 선명한 화면 속
공중의 맑은 곳과 흐린 곳이 섞여 있다.
흐린 곳들은
잠시 날아갔다 다시 날아와 앉았다.

나는, 우리 집은, 흐렸다.
맑은 화면을 찾는 일은 형의 차지였고

나는 감감히 들리는 소리에 따라 안테나를 돌렸다.
무형의 빈 공간을 헤맨 것은
맹목적이고 묵시적인 반항이었다.

펼쳐진 화면 속을 늘 두리번거린다.
인도로 따라갈 수 없는 내 차는
신호등이 가리키는 곳으로만 간다.

공지사항

아침에 일어나면
날짜와 요일을 꼭 확인하세요.
당신의 날인지 아니면
당신을 기억하는 누군가의 날인지.
많은 사람이 나의 날이 아닌 날들을
열심히 계산하면서 살아가지요.
세 번 거짓말한 양치기 소년의 이야기를 알면서도
하루 세 번, 삼십 번
양들의 공포 속에서 살아요.
양의 털은 부풀어 오르는 일을 하고
그 털을 깎지 않으면 죽어요.
그러나 그 털을 깎고
앙상한 당신을 보게 된다면
당신이 죽겠죠.

그런 날들 속에서
출근을 하고, 부서를 배정받고, 시무식을 하죠.
급여를 받고 승진도 하면서 마지막 여분에는

누구나 의연하고 비겁해지죠.

스스로를 용서하고 떠나버리거든요.

실재하는 슬픔과 장례절차들만 남아요.

그러니 제발

일어나면 먼저 날짜를 확인하세요.

오늘이 당신의 날인지 아니면

당신을 기억하는 누군가의 날인지.

컵 안에 바다가 있다

아침마다 책상 위로 올라온 컵은

다시 거푸집에서 끓어오른다.

인간은 언제부터 온기를 두 손에 쥐려고 했을까

혀끝과 입술로 온몸을 덥히려 했을까

후후 불어 잠깐을 식히는

아침 풍경이 고요하다.

매일, 나는 뜨겁게 달아오른 하얀 컵 안으로 빠져든다.

그곳은 너무 깊어 바닥에 쉽게 닿을 수 없는 곳

맷돌이 바다를 갈고 있다는 전설

바다 한가운데 표류하던 상실이 버둥거린다.

얼마 남지 않았다.

서둘러야 한다.

나는, 숨을 깊이 들이켜고 잠수를 한다.

서둘러 아침 해를 삼키고 나는 끓어오른다.

살을 찢듯 물을 파고든다.

햇살은 난자된 흔적으로 떨어지고

베란다 그늘에 가려진 책상 위로 바다는 또

끊임없이 출렁거렸다.

맛을 토해 낸 티백을 들어 올리고

쉽게 우러나지 않는 바다를 바라본다.

이 좁은 방에서 더 좁은 지구에서

나를 건져 내줄 누군가를 찾느라

컵 안을 맴돈다.

컵 안에 반쯤 식은 파도가 잠잠하다.

감정의 오류

　남자는 사랑을 보냈다 도착한 곳에서는 받아주지 않았고 우체국과의 요금 분쟁이 시작되었다 집배원은 배달하지 못한 사랑을 집으로 가져갔다 "그녀는 발신인을 모른다고 했어요." 증언대에 선 집배원은 서둘러 가방을 메고 나갔다 가방 안에는 배달해야 할 감정들이 가득했다 주소가 잘못되거나 요금이 낮게 매겨진 것들, 하루가 헛되게 땅 속에서 헤매는 날이다.

　화분에 핀 꽃은 말이 없다 좁고 답답한 터는 초라하기까지 했다 예쁜 꽃은 지쳤다 너무 목마르거나 너무 축축한 날들이 반복되었다 뿌리까지 타들어 가던 날, 흙 속으로 들어가 버리고 싶었다 더는 화려하고 싶지도 않다.

　남자는 수취인의 주소를 확인했다 저울에 올라가 자신의 감정을 저울질한다 어눌한 희망이 다시 사랑을 떠나보낸다 '번지 내 투입, 제발 아무나 가져가 주세요.' 편지가 내준 자리에는 가시가 돋았다.

2부

서류 가방과 이별하다

서류 가방과 이별하다

비트겐슈타인과 쉼보르스카를 읽으려다

오랜 친구 샘소나이트를 떠나보냈다

언젠가 야수로 돌변한 가방 이야기를 읽은 적은 있지만

그가 내 곁을 떠났다는 것을 알았을 때는

무한 회전하는 2호선 전철을 갈아타고 있을 때

한 손에 매달려 종일 따라다니고 있는

또 누군가의 시집을 바라보며

그에게도 잠깐이나마 쉴 시간이 있었으면 하고 생각할 때

나도 잠깐 어디에 기댔으면 하고 두리번거리다가

말 없는 내 친구도 좀 쉬게 하려던 때였다

원래 가방들은 내성적인 사각이라

묵묵히 한 줄의 이빨들을 열 수도 있겠지만

수정하려고 인쇄해 놓은 궤양의 흔적을 보고

내가 시인인 줄 알려줄 테고

수첩 속 일과표는 내가 어디쯤 있을지 말해주겠지만

웬걸 이리 많이 먹어치웠냐고 타박도 하겠지만

낡고 허름한 겨울 같아서

곳곳에 하얀 가시가 도사리고 있고

만질 때마다 타다만 재가 묻어나 아무도

내 가방을 열어보지 않을 것

그래서 다시는 돌아오지 못할 것이다

어젯밤 시작노트를 꺼내 논 것이

다행일지 불행일지는 모르겠고

가끔 터진 실밥을 태우는

불 고문을 하지 않아도 돼 다행이다 싶기도 하고

더는 짐꾼 노릇을 안 해도 돼 다행이다 싶기도 하고

선반 위에서나 분실물센터 창고에서

곰곰이 긴 시간을 취할 수 있어 참 다행이란 생각이지만

뻣뻣한 손때가 손끝에서 너무 가볍고

떠나간 역할을 위해

몇 개의 손을 더 구입해야 할 것 같기도 하다

비를 위한 지붕

비는 지상으로 내리는 중에 가장 먼저 지붕을 만난다. 뾰족한 지붕은 지상의 한 점으로 보일 것이므로 빗방울은 그 한 점에 안착하려 할 것이다.

끝이 뾰족한 지붕은
빗방울에 대한 예의인 것

돌아올 길을 예견하는 선구자 같은 것. 빗물을 담은 기와들은
빗방울로 하여금 그곳이 물결이라고 믿게 할 것이다.

창문은 가장 먼저 빗방울이 보게 되는 지상의 불빛, 문명일 것이므로
비 오는 날엔 잠시 커튼을 열어 놓아야 한다.

비는 창문을 통하여 사람의 얼굴을 만날 것이다. 자신들이 아주 오래전에 사람의 곁에서 날아오른 존재라는 것을 기억해 낼 것이다. 창가에 비친 불빛에서 그의 전

생을 가늠할 것이다. 가벼운 리듬이었다는 것과 후덥지
근한 안개였다는 것과 새들의 날갯짓 소리가 섞여 있다
는 것과 손끝에 진한 라벤더 향이 묻어났던 것을 어렴풋
이 기억해 낼 것이다.

노란 장화에서 뛰어올랐던 잔상과
누구와 부둥켜 엉킨 흔적으로
창문을 스쳐 갈 것이다.

빗줄기는 몇 볼트일까

내다 버린 멀티탭 구멍 속으로 빗줄기들이 꽂힌다.

불화를 버린 모습으로 묵묵하다.

그렇다면 빗줄기는 몇 볼트일까. 물고기를 부르르 떨게 하던 물속의 전류를 본 적이 있는가. 봄비 오고 꽃들의 스위치를 올리던 전류들을 본 적이 있는가. 뭉쳐서 휘어지던 줄기 떨어진 빗줄기 전선이 다시 넝쿨을 타고 오르던 여름, 빗줄기가 끌어올린 전류는 벼락이 되거나 지렁이로 만들거나 웅덩이가 된다.

감전의 한때가 철썩거리는데
불꽃 없는 멀티탭 속엔 미지근한 미열,
비가 그치면 재채기를 할 것 같은
간지러움

전선의 끝, 코드는 자꾸 나팔꽃 속으로 꽂히려 하고 있고 울타리를 넘어선 줄기를 타고 5촉 전구를 기웃거리고 커피 잔을 데우고 유리창을 두드리는 음악을 켠다.

　나뭇가지를 흔들며 불어오는 바람과 빗줄기는 몇 볼트일까.

　찌릿한 광선 한 줄기
　뭉쳐진 멀티탭 전선 속을 달린다.

매미

시간 같은 건 몰라
7년이었는지
70년이었는지
잠든 시간은 잠뿐이었어.

다들 그렇게 살아가는 그런 흔한 시간,
몇 번의 총성이 있었고
땅이 서너 번 뒤엎어졌지만
아직도 붕대가 너덜거린다고
골방에 갇힌 사람들은 다들 한마디씩 하는 세상.
혁명이 성공한 것인지
복지는 조금 나아졌는지
허물을 벗고 나무 위로 올라왔을 때는
아무것도 없는 그저 그런 세상.

다시 시작인 거지
내 첫마디는 시바~알
도시 소음보다 크게 울어야 해

도시 소음보다 더 크게 울어야 해

짧은 여름과 소나기
뜨거운 태양 아래서 울부짖는 게
곧 여름이 끝나고,
나무를 시끄럽게 켜는 것도 우리고
조용한 나무로
나무를 끄는 것도 우리지.

무더운 여름마다
이 욕지거리를 기억하는 사람들이 있겠지.
강렬하게 집요하게 지랄 맞게
소리치면서 꿈을 꿔
다들 이렇게 사는 거
다 안다, 시바~알

말을 훔치다

욕설은 언젠가 훔친 말들이다.

어제 꿈에서 본 강아지와 몽둥이와 병든 이들과 즐거운 여자들이 허공에서 떠돈다. 유독 눈에 띄고 입에 착 달라붙는 말, 변화무상한 구질로 던져버리면 뜻하지 않은 파울볼로 사방은 고요해진다. 새 한 마리 난자된 말 조각을 집어 들고 '씨브렁' 다시 욕설 속으로 숨는다.

말에는 다그침이 있고 화살처럼 고지식한 소리는 얼굴이든 멱살이든 닥치는 대로 상처 낸다. 곪고 진물 나는 반복의 기억이 있고 입이 헐수록 화살은 깊이 파고들고 살들은 오랫동안 화살촉을 내어주지 않는다.

후회라는 감정이 한바탕 혈투가 벌어진 하늘을 붉게 물들이고 해가 지기 전 용서를 구하라는 잠언의 문구가 마지막 불꽃이 된다. 내 허물을 물고 사라진 새를 찾아야 한다.

더 크고 빠른 매를 준비해야겠다. 두꺼운 장갑과 매의 눈가리개를 찾다 보면 어둠을 만난다. 어둠은 사물의 경계를 허물고 혼란을 주고 은둔을 살찌운다. 새는 더 날지 못하고 나는 나를 볼 수 없다. 흩어진 파편들을 모은다. 바람 속 맴돌던 부끄러운 소리가 깃털처럼 내려앉으면 매는 안으로 발톱을 키운다.

허공에 떠도는 말, 오늘도 손버릇처럼 훔치고 말았다.

오르막 무늬

사람에게 힘든 길이어서

사람밖에 다닐 수 없었다.

이곳에 사는 동안 나는

오르막 나이만 먹었다고 여겼다.

가파른 나이였다.

불빛들은 어떻게 저 높은 곳까지 올라갔을까

헉헉거리는 경사로를 끌고 다녔다.

누구도 따라올 수 없게 하고 싶었다.

고지대로 올라갈수록 다리가 아프다는 생각은 틀렸다.

높은 곳에서는 가장 높은 곳이 아프다.

부푼 폐처럼 달이 뜨고

어지러운 전선들이 흘러들고 있다.

엉덩이 밑으로 불법주차 스티커가 자주 발부되었다.

그 오르막을 멀리서 보면

넘어진 빗살무늬처럼 보였다.

비스듬하게 와서

넘어진 사람들이 살았다.

더 쓰러질 곳 없는 담장들이

골목에 기대어 있었다

좁은 아랫목의 담당자는 뱀처럼 휘어진

보일러 배관이었고

미지근한 뱀을 업고 출근을 했다.

검정비닐에서 와르르,

미처 줍지 못했던 귤 하나가

지금도 굴러 내려가고 있는

낡은 계단 하나, 기울어져 내려가고 있다.

너무 높이 올라왔다고 믿는다면

숭고한 걸음을 집도하는 이구아나에게

조심스레 내려갈 방도를 물어야 한다.

153

　모나미 볼펜 속에는 광속의 속도가 있고 공기를 가르는 날카로운 칼날이 있다. 엄지를 당기는 순간 미사일처럼 솟구치는 볼펜심이 뚝딱, 장전된다. 스프링에는 장미 가시가 있어 살짝 건들기라도 하면 핏방울 뚝뚝 떨어질 것 같다. 가리키는 목표물은 평탄한 지면, 하지만 써 내려가는 이야기마다 꼬리를 물고 허물을 벗고 그 허물 속에 잉크는 싹을 틔운다.

　볼펜의 속도는 빛보다 빠르다. 동심에서 이탈할수록 달의 속도는 느려지고 시간을 담보로 한 볼펜의 회전은 더 빨라진다. 가느다란 저 볼펜에는 법전보다 두꺼운 구속이 있고 수천억의 계약이 담겨있고 석학의 두뇌와 헤아릴 수 없는 무수한 사랑이 기억되어있다. 지구를 12바퀴나 돌며 써 내려간 글귀에 나의 비밀 하나쯤 담겨있지 않을까. 끊이지 않는 결의가 있고 장대 높이 선수의 장대가 되어 공중의 수치를 훌쩍 뛰어넘는다. 우리가 찾던 블랙홀이 뚜껑 어디엔가 있을 것 같고 하얗고 긴 관은 처음과 끝을 이어주는 다차원의 관문. 안드로메다를 찾

는 은하 열차가 막 들어서고 있다. 볼펜을 돌리면 멀어
져가는 기차 소리가 났다.

예수의 말을 듣고 오른쪽으로 그물을 내린 베드로는
일백오십삼 마리의 물고기를 낚았다. 153이라는 이름을
짓고 손잡이가 휘어지도록 낚아 올린 글자들로 몇 명의
영혼을 구원했을까. 첫사랑 연애편지의 결말같이 딱 절
반만 들어있는 잉크, 한 방울 남은 눈물까지 쏟아내며
흘려 쓴 잠언을 사랑한다. 끊어질 듯 위태로운 밤을 볼
펜 한 자루가 꼭, 움켜쥐고 있다.

돌멩이, 땅으로 내려쳐라

돌에도 입이 있고
시원스레 뱉어내는 말은 파열음이다.

새의 입은 날개고
날갯짓은 크고 넓은 공중의 선회를 먹어치운다
모든 입은 몸의 무게를 알고 있다
그래서 새의 몸집은 작다.
뼛속엔 허튼소리가 들어있어 새는
제 말로 허우적대지 않는다.
살이 붙어 둔해진 것이 나이 탓이라고,
하고 싶은 말 차곡차곡 쌓아 엉덩이고 배이고
두툼해져 이제 더는 날 수 없다면
쓸쓸한 허공을 입맛 다셔보라.

훌쭉 솟은 건물을 보면서, 옥상 너저분한 송전탑들이
쏟아내는 전파들을 보면서, 뻗을 수 있는 곳까지 전파를
보내 세운 안테나를 읽으며, 텅텅 빈 건물 속을 상상하
면 내 안에 가둔 소음들은 누구에게서 거둬들인 말인지

말씀이 줄어들던 아버지가 자꾸만 생각난다.

　　단단한 돌멩이 땅바닥으로 내려치니
　　쩍 벌리며 내뱉는 파편들,
　　'너는 돌이 아니어서 이렇게 시원하게 살 수 없다'
　　누런 종이에 배긴 옛 선현들의 말 같은
　　쪼개진 표면에 막 생겨난 하얀 가루가
　　불혹의 손끝을 어르고 달래는 말.

서쪽 바다 수련회

교회에 나가면서 처음

바다를 보았다.

서쪽 바다였다.

종탑이 녹슬기 시작하던 무렵이었고

두근거리는 수련회를 종교처럼 따랐다.

아이들은 먼 바다로 파도처럼 쓸려갔다.

배회의 영법으로, 해엄 친 바다보다 먼 곳을

허우적거리다 돌아왔다.

등짝이 풍기는 태양의 밀물과

발목을 잡고 늘어지는 바다의 썰물이 공존했다.

지금도 내 몸의 서쪽에는 바다가 있고

썰물을 따라 나가던 감쪽같은

가출이 있을 것 같은, 그 먼 저녁의 썰물

밤비는 기타줄이 되었고

텐트 사이를 오가는 생일 노래는

아른거리는 서쪽별이 되었다.

아, 그 많던

두근거리는 수련회는 다 어디로 갔을까?

수건을 돌리는 등 뒤가 설레던,

또 어느 등 뒤에 슬쩍 놓고 온 두근거림처럼

썰물 같기도 하고 밀물 같기도 한 날들.

등 뒤에 누군가 수건을 놓고 갈 것 같은 저녁과

살결이 벗겨진 여름의 소문들

쓸려나가는 노을의 끝자락에 올라타

서쪽 바다를 향한다.

등에서 울던 아이도 다 크고

등 떠미는 그 무엇도 없는데

여전히 서쪽 바다 멀리 쓸려나가는

썰물의 저녁이 있다.

유사시

소화기 속에는

유사시가 가득 들어있다.

가벼운 안개 같은 것들이 고요하게

안전핀 하나로 견딘다.

수도승 자세로 굳어가는 고체의 분말은

묵직한 유사시를 기다리고 있다

저 빨간 통 속엔

흰 눈발이,

밤사이에 내리고도 남을 눈밭 하나가 들어있다.

소복소복 거리는 발자국들이

압력솥을 맴돌고 있을 것이다.

치솟는 불길을 질식시킬

무산소의 분출이 꾹꾹 참고 있는 저곳

유통기한이 지난 흰 눈발도

참고 참다가 분출도 없이 스스로 질식한

무소식이 희소식이겠지만

잔뜩 찌푸린 하늘 한 귀퉁이 폭 찌르면

펑펑 눈송이들이 쏟아질 것 같은
적재적소에서 묵묵히 기다리는
저 빨간 유사시들,
어디선가 소방차 소리가
꽉 막힌 길을 뚫고 있다.

예의 없는 비명

두 번의 비명이었죠. 새로 들어선 아파트 사거리 상가건물에서요. 처음 만난 낯선 것들이 뿜는 아주 날카로운 목숨 같은 것이었죠. 비명은 곳곳에 묻어있어요. 얼마 전 혼자 살던 어느 비명은 칼끝이 데리고 갔죠. 누구에게나 비정규직 같은 비명 하나쯤은 품고 있어요. 어떤 사람에게 비명은 한 무더기 꽃단지처럼 피어있죠.

주저앉거나 도망가는, 숨어 있다가 튀어나오는, 하염없이 아래로 떨어지는, 갇혀있다 울먹거리는, 꽃들은 다 그렇게 져 버렸어요.

얼굴 없는 비명을 사람들은 모른척하죠. 신호등은 착한 예의를 갖고 있고 끼어드는 것들은 예의가 없죠. 건물과 건널목 사이 어제와 오늘 사이 갑자기 끼어든 예의 없는 비명을 어찌해야 할까요? 빵을 내려놓은 탑차가 서둘러 마을을 떠나고 불법 유턴한 화물차는 왔던 길로 돌아가고 아침 장을 본 아주머니가 건널목을 예의 없이 지나가요. 창틀에 낀 비명조각이 발버둥 치고 나는 뒤돌아 서 있어요.

비명은 두근거리는 심장이 있고 얼굴을 가리거나 뒤로 물러서는 수족이 있죠. 간신히 버팀목에 기댄 어린나무들이 떨고 있어요. 아까 그 비명이요. 바람을 타고 아파트 안쪽으로 들어갔어요. 또 누굴 겁주고 놀래 키려는지 참 예의가 없어요.

접골원

굵은 빗줄기에 어둠이 달라붙던
늦은 하산, 울퉁불퉁한 산길 하나가
삐끗, 발목에 들어왔다.
접골원, 늙은 접골사는 어둠을 더듬듯 발목을 만진다.
희끗한 실낱 하나와
외마디 비명이 만져진다고 했다.

어둠과 실낱 하나와 비명이 들어온
발목은 한동안 조심스러울 것이다.
가느다란 빛이 어둠을 앞질러 가는 길,
깁스 하고 내리는 비를 본다.
비는 굳은 날의 으슬으슬한 골조 같고
어둑한 안개가 타설되는 저녁은
욱신욱신 발목 근처에서부터 어두워진다.

어긋난 뼈가 한둘이었을까?
더듬다 보면 손끝에 걸리는 비명 하나가
소용돌이치는 틈 속에서

욱신욱신 굳어간다.
시간을 바짝 끌어다가 그때와 묶어보려고 하는데
딱 한 뼘이 부족하다.

뼈를 깎듯이 오늘을 산다.
뼛조각들이 그럭저럭 붙어간다.

타인과 타인이

한 사내가 중얼거리고 있었다.
끊임없이 말을 버리고 있었다.
몸 어딘가가 허물어진 곳을 눈치 채지 못하고
키득거리며, 이맛살을 찡그리며
타인과 타인에게로 자신을 타진하고 있었다.
잠에 깃든 말이거나 세상을 깨우는
아주 오래된 마야인의 주술 같은 말로
전생을 회의懷疑하거나
아무도 모르는 채널을 개설하고
닫힌 인간의 드라마를 회상하고 있었다.
그가 뱉어낸 말들은 일종의 삐걱거림 같은 것
누구도 그 말을 밟고
휘청거리려 하지 않았다.

그동안 악착같이 모아둔 말들을
풀고 있는 것이다.
조율되지 않은 현악기의 나지막한 음표로
복잡한 회로를 거쳐 꽃망울을 터트리듯

어디쯤에서 끝난 자신의 환호를

증명하는 것이다.

타인에게 잠시 맡겨둔 자세로

뱉은 말들을 주워 담는다.

내다 버리려다 끝내 버리지 못한 품속 같은 것

웅크린다는 것은 지키려는 자세다.

잠시 서서 바라본다면 그는 필시 사내를

자신의 그림자로 착각하고 있기 때문일 것이다.

우리는 우리가 한번도

가보지 않은 곳들이 많다는 것을 모른다.

말은 우리들의 발에서 양말처럼 낡아가고

늘 그렇듯 한낮의 출구는

저녁 문턱의 밝은 빛을 찾아 떠나고 있다.

히어로
- 세상의 악행은 정의 근처에서 일어난다.

오후는 공터고 공터는

무슨 놀이를 하든 저녁으로 저문다.

비석 막대기 구슬을 머릿속에 잔뜩 담고

네 편 내 편을 기다리다 보면

소맷자락 같은 골목에서 등장하는 히어로

무쇠로 만들었다는 그의 오른손

폭풍우가 내리던 날 온 동네의 전기를 다 태우고

지금은 은하계 어딘가를 가고 있다고,

무용담을 듣다 보면

걱정은 그의 숲속에서 잠들곤 했다.

온종일 지루하고 공허한 헛발질

시간 더미에서 남의 것을 골라내다 보면 빈곤해지는
머릿속

내 것은 흩어지고 정돈되지 않는 산만한 이야기

소중하다는 것은 왜 가야 할 곳과

있어야 할 곳을 혼동하는지

우리가 없는 마을에서 당신은
소맷자락 속에 숨어있었음을 알았다
당신의 무쇠 주먹이 돌아왔다면 지금쯤
남태평양 해저 괴물과 싸우고 있거나
시베리아 얼음산에 숨은 외계로봇을 찾아다니거나
전장에서 난민을 구조하느라고 정신없이 바쁘겠지만
나는, 손과 발로 온종일 뛰어다녀도
꼬이고 막히는 일들로 정신없이 바쁘다가도
하루의 뒷면에선 늘 공허해

나의 히어로
무쇠 주먹이 돌아왔다면, 아니 그렇지 않더라도
이제 돌아와 나를 지켜줘
커다란 알통에 매달리고도 싶고
헐렁거리는 당신의 소맷자락에 숨고도 싶고
나의 정의를 기다리는 악행
혹은, 악행을 기다리는 정의로 심심해.

3부

유리병 숭배

유리병 숭배

아버지는 유리병 숭배자였다

한 사람에게 귀한 것을 달리 말하면
여러 사람에게는 무익한 것이다.
유리병은 난폭한 성격이었지만
늘 똑같은 노래로 비워지던 신념과 고집이었다.
그것은 셀 수 없는 종교
늘 달래서 마개를 닫아야만 했던 불쾌한 노을 같은 것
넘어진 유리병 속에서 흘러나오던
휘파람 같은 것

아버지를 기울이면
깨진 사금파리가 쏟아졌다

투명하던 유리병은 멍들어갔다.
유리병 제조자가 유색 병을 만들었고
당신의 모습이 사라지더니
내 모습도 사라졌다.

나는 아직도 불로 갈증을 달래던
불같은 아버지를 병 속에 넣지 못했다.

어쩌다 가지런해지는 유리병을
가지런한 아버지가 지켜보곤 했다.

기울인 소리로 벌떡 일어나던 날들을
잠시 낮게 가라앉혀 놓고
날뛰는 구속과 고요한 구속을 갈등하던
시큼한 과일이 상해가는 말투로
바람 든 손끝으로 옮겨 다니던 아버지의 투명한 체념
텅 빈 유리병을 땅속 깊숙이 묻고
미처 따르지 못한 아버지의 숭배엔
셀 수 없는 병목 구간이 있었다는 것을 알았다.

무감각

굳은살을 떼어내면서
감각이 흘린 무감각을 생각한다.
칼날이 들어와도 겁내지 않는 곳이
내게도 있다.
피 흘리지 않는 곳이 있다.

점점 남의 살이 되어 가는 곳
전생의 원한이 몰리는 곳인지
자꾸 칼을 들이대게 된다.
아주 오래전 무감각의 날들일 때 나는
감각 없는 울음을 울어 재꼈다.
구분을 배우지 못했던,
내 사족이 내 말을 듣지 않았던 그때로
살들은 조금씩 두꺼워져 간다.

걸음을 걸으면서 얻은 숭배의 감각들이
점점 나를 떠날 때가 온다.
살에는 혈육이 없고 남겨진 지문도 없어

한번 버려진 것들은
돌아갈 수 없는 처지가 되고 만다.
버려진 것들이 모이는 곳에선
뒤따라올 누군가를 기다리곤 한다.
감기를 앓고 나면
각막에 굳은살이 박인다.

조금 더 깊이 찔러 본다.
찌릿한 통증으로 빠져나가는
내 몸의 축을 느낀다.

맑은 날을 매다

아내가 빨랫줄을 매달라고 해서
빨랫줄을 찾습니다.

분명 한 뭉치 밧줄을 들통에 넣어두었는데
빗물로 바뀌어 있었습니다.
비 오는 날마다 물기를 짜낸 것이 분명한 빨랫줄은
맑은 날과 또 다른 맑은 날을 양쪽으로 매야 할까요.
그러면 새들은 일렬을 배우고
나란히 라는 말을 갸웃거릴까요.
저 파란 하늘과 흰 구름을 매려면
얼마나 많은 줄이 필요할까요.

줄에 매달린 빨래도
뼛속 깊숙이 끊어진 곳이 많았는지
뚝뚝 물을 끊어서 버리는 중입니다.

흐린 날이면 길고 팽팽했던 맑은 밧줄이 사라집니다.
세상 어디에도 흐린 날로 맨 빨랫줄은 없을 테니까요.

그런 날 새들은 나란히 또는 일렬이라는 말을 잊고
하늘 여기저기로 헝클어질 것입니다.

빨래들은 흐렸다 맑아지곤 했습니다.
맑은 날의 끝을 잡아당기면 온갖 호우주의보와
비 올 확률이 묵직합니다.
들통에 가득 받아 놓은 빗물이
언젠가는 빨랫줄로 바뀌었으면 좋겠습니다.
그러면 하늘에 울타리를 치고 양을 키워야겠습니다.
그러면, 맑은 날을 휘청휘청 걸어온 바지나
셔츠의 주머니 속에는 구겨진 빗줄기가 남아있겠지만
맑은 날은 여전히 가지런합니다.

못들이 사다리를 떠날 때

비를 맞고 썩어가는 사다리에서는

못들이 떠도는 소리가 들린다.

못 박힌 자리마다 똑. 똑.

빗방울 부서지는 소리가 들렸다.

사다리는 감나무의 비상구였으며

아버지의 좌우명이기도 했다.

땅에 누워 썩어가는 사다리에서는

그 짧은 레일을 따라

스위치백 열차가 달렸다.

바로 내려올 수 없었던 일들은

더는 오르막이 없었기 때문,

반드시 뒤를 허물어야 할 때가 있다는 것.

굳은 키를 걸어놓고 내려온 후로

사다리에서는 지붕으로 감나무로

또는 뒤란으로

달리는 기차 소리가 났다.

못들은 비를 맞고

한 땀 한 땀 높은 곳을 헐렁하게 조인다.

사다리를 하나둘 밟다보면

아버지가 남겨놓은 사다리 끝

그곳이 얼마나 험한 극지였는지 알게 된다.

망치로 두들겨도 못들은 못 들은 척

슬금슬금 흘러내리는 그라데이션.

그만하면 됐다고 웃으시던 노을이

발아래 붉게 물들어 갔다.

불화

가지에서 떼어낸 잎을
다시 붙일 수 있을까
나는 할 수 없지만 나뭇가지는
해마다 하는 일이다.

떨어진 꽃잎을 밟지 않으려고
봄날의 틈을 찾는다.
꽃잎을 다시 씻길 수도 가지에 붙일 수도 없으니
인간의 지위가 내겐 알맞다.

한 토막에서 네 개의 장작을 분리했다.
그 틈에서 불화가 생겼기 때문에
나무는 쉽게 분리된다.
쪼개진 나무토막 네 개로 火를 쓸 수 있다.
쓰자마자 화르륵, 불화로 사라진다.

동그란 알은 실금이 생기고
실금 안에서 날개가 나온다.

깨지기 쉬운 원형이
깨어진 후에 날개가 된다.

허공엔 불화로 가득 찼다.
새를 펼치면 火가 된다.

불화는 얼굴의 표정이다.
불길보다도 먼저 피어오르는 연기가 있다.
얼굴은 눅눅한 화덕
꽃잎은 다 타버린 글자들이다.

한 장의 관찰

아이와 놀다 두고 온

나무 밑 스티로폼 한 장

며칠은 그늘이 앉거나 비스듬히 누워있었다.

또 며칠은 고양이들이 웅크리고 앉아

밤이슬을 핥았다.

고양이는 너무 가벼워서 건들기도 전에 달아났지만

압축된 스티로폼 한 장 위에는

흩어지는 것들이 웅크리고 있는 것이다.

한 장의 푹신한 노숙

잠은 이미 가을 쪽으로 기울고 있었다.

가벼운 것들의 숙적 같은 가을

폭신한 한 장은 이제

나뭇잎들을 착착 받을 것이다.

가벼운 착지를 알아보는 가벼움이 있고

가벼워서 넉넉한 것들이 있다.

햇살 한 뼘이 아쉬운 저녁

스티로폼은 압축된 부재不在다.

이슬을 앉히고 고양이의 털을 앉히고

결국엔 몇 조각으로 부서지겠지만

어떤 깊이에서도

둥둥 뜰 수 있을 것이다.

구두점 句讀點

자두나무의 열매를 자두라고 하고
사과나무의 열매를 사과라고 한다.
말 못 하는 사과와 자두는
색색의 구두점을 품었다.

빨간 구두점 속엔
빨간 씨앗이 없다는 것
노르스름한 자두 속에는
전혀 다른 의중이 있다.
과일들은 왜 그 속에다
구두점을 찍어놓고 있을까
말을 보여주는 것들이 책이라면
책이 화를 내는 것이 문장이라면
구두점들은 일종의 훈수는 아닐까.

느낌표가 쳐올린 부호를
물음표가 낚아챈다.
쉼표를 갖은 사람들과 마침표를 갖은 사람들이

건널목에 엉켜있다.
더딘 구두점은 하얀 말줄임표다.
커다란 종이 위를 마구 써 내려간 인류는
지구라는 마침표를 벗어날 궁리 중이다.

빨간 구두점과 검은 구두점이
새콤하거나 달다.

요설과 장황을 겪고 난
나무들의 뒤끝에 찍히는 저 열매들
구두점 속에는 내년이 여물어 가지만
누굴 불렀을까?
사과나무와 자두나무가 돌아본다.

화훼공판장

그날이 되면 흰 꽃들은

열사처럼 피어난다.

바닷바람이 크게 일어나 장막을 세우고

날짜로 남은 공판들 앞에

쌀쌀한 계절이 놓인다.

붉은 꽃잎들의 조문들을 위해

흰 꽃밭들이 모여드는 화훼공판장에선

검은 글씨의 주문들이 바람처럼 날렸다.

화해의 이문과 아직 씁쓸한 개화들이 팔린다.

일 년 내내 적당한 온도로

흰 국화는 품종을 마다않고

애도의 날씨를 피워낸다.

고요와 평온이 배긴 향기가 땅을 들썩거린다.

화해, 혹은 화훼들은

늘 모자라는 애도와 함께

새벽을 달려 이곳 공판장으로 온다.

되풀이되는 반문의 고리는 침묵하는 근조 리본

흰 꽃잎은 어둠 속에서 더 환하다.

조금만 시기를 늦추어도,

놓쳐도 시드는 조화들이 있다.

뼈를 쌓으면

뼈다귀해장국을 먹는다.

수북이 쌓인 뼈,

왜 우리는 뼈의 근처만 맛보는 것일까.

살과 뼈는 절대 섞이지 않는 부위들이지만

국물의 맛이란 대부분 뼈에 근접한

근처의 맛들, 쌓여가는 뼈들은 이제야

살을 뛰쳐나왔다는 듯 홀가분하다.

더는 살을 따라 움직이지 않아도 된다는 듯이

말끔한 자세들이다

베어들지 않은 양념이 골막骨膜을 따라

골수骨髓처럼 흐른다.

돼지들은 저 뼈들을 채우기 위해

셀 수 없는 끼니를 게걸스럽게 먹었을 것인데

수북한 뼈들의 분량은

돼지들의 몇 끼의 분량이었을까.

한 생명의 일생을 한숨에 먹어 치웠다.

뼈와 살 사이의 꿀꿀거리던 식탐을

하나하나 발라 먹었다.

우리는 돼지의 근처를 먹고

다시 우리의 근처를 돼지들이 먹는다.

우리는 본래의 맛을 모른 체

근처를 맛이라고 착각하고 있다.

모든 착각을 뜯긴 뼈들이

수북이 쌓여 환생할 순간을 기다리고 있다.

나선형

조개구이집, 수북이 쌓인 패각들
뒤로 물러선 곳마다 뾰족한 날을 세웠다
그냥 물러선 것이 아니라
소용돌이로 막장에 다다른 나선
먼 여행길에 지난 온 나선형 운하를
소라 등에 새긴 것
이 작은 지구에, 작은 포장마차에
더 작은 통속에 담긴 저 넓은 우주
이렇게 값진 것들이 버려지다니
소라를 뽑아내고 집을 빼앗을까
비틀면서 몸을 구겨 넣다 보면
지루한 문양 얇은 마개 하나 붙여 놓고
입인지 발인지 뻔뻔하게 휘어진 저녁
한 무더기 별들이 쏟아진다.
서너 개의 우주에서
더 큰 통속으로 떨어진다.
그리고 유유히 떠나는 아주 작은 지구인들
발아래 놓인 별보다
더 큰 별을 먹고 버린다.

한쪽이 막다른 것들이 맛있다.
소주병 속엔 나선형 저녁이 있고
막다른 한쪽을 열면
휘어져 감기는 휘발성에 취한 남자
패각처럼 휘어져 간다.
뚜껑을 성급하게 딴 사내들은
막다른 저녁에서 취한다.

나선형으로 휘어진 골목이
집으로 가는 길을 점점 조여 간다.
패각 같은 집도 이 나선형 골목을 따라가면 만날 수
있을까?
집 없는 민달팽이 골목을 들어서면
집은 더 깊은 나선으로 숨었다.
울렁거리는 내 안에서
소용돌이치며 한쪽으로 기운 나선형들이
울컥거리는 밤이다.

공방工房

－ 내 방을 다듬고 있는 노인을 만나고 왔다.

순간은 혼란으로 휘어진다고, 그러니 너무 재촉하지 말라고 했다. 노인은 의자로 된 관을 몇 번 만든 적 있다고 말했다. 어떤 이는 눕는 것보다 앉아있는 것이 더 편하다고 했다. 존재하는 자세를 다 뺀 나무만이 관이 된다고 말했다. 그래야 오랫동안 죽은 이의 말을 들어줄 수 있다고 했다. 그의 말투에는 백발의 수염이 돋아나 있었다. 말을 할 때마다 무거운 수염을 끌어올려야 했다. 그것은 너무 힘든 일이어서 그는 가끔 침묵했다. 수염에 답을 적어놓았으니 필요할 때마다 찾아보라 했다. 그에게 뭔가를 묻고, 난 그의 수염에서 듣고 싶은 답을 들었다. 수염은 가끔 말투에 흔들렸다.

노인은 맞춤으로 관을 만든다고 말했다. 단 한명도 그의 관에 맞지 않은 영혼은 없었다고 했다. 죽은 이들은 모두 같은 키를 갖는다는 것을 알았으므로 더 묻지 않았다. 한쪽 다리가 없는 사내의 입관에서 두루마리 휴지를 채워 넣는 것을 보았다. 노인의 혼잣말을 나와 죽은 나와 노인의 뒤를 졸졸 따라다니던 영혼들과 나눠 먹었다. 모든 망자는 망자의 표준이 된다.

장식품 하나 없는 나의 방은 죽어있었으므로 생전에 사용하던 수식들을 가져오려 했다. 노인이 꾸밈은 필요 없다고 했다. 추억은 주인과 함께 종료되었으므로 산 사람들의 장난감에 불과하다고 했다. 대신 나의 존재가 흘러내릴까 봐 걱정이 된다고 했다. 사각이라는 것은 모서리가 칼날처럼 날카로워 상처 나기 쉽다고 노인은 관을 쓰다듬었다.

주절주절하던 말들은 누구에게 배운 주문인지 물었다. 수염이 답해줄 수 없는 말들은 생전이 등졌던 말들이라고 했다. 또 나무를 쓰다듬으며 중얼중얼, 나와 죽은 나와 노인의 뒤를 졸졸 따라다니던 영혼들은 허겁지겁 주워 먹기에 바빴다.

노인과 바다

목선으로 시작해서

통통배로 끝이 난 어부의 직업.

대어와 실랑이를 벌인 적도 없고

먼바다에서 표류한 적도 없다.

일생의 꿈이 청새치에 있지도 않았다.

바다는 흔들거림에 맞추지 않으면

견딜 수 없는 곳이었으므로

그는 반짝거리는 윤슬 위를 떠다녔다.

등대 근처에 가족을 두고

자잘한 아가미의 조력으로

출항과 접안을 반복했다.

닻을 내린 배는 내내 부두에 정박 중이다.

더 이상 바다를 나가는 일이 없어도

뭍의 사람이 되었어도

노인의 손과 발엔 여전히 윤슬이 반짝거리듯

떨리고 큰 돛 하나가 몸에서 분다.

어쩌면 큰 물고기를 여전히

따라가는 중일 것이다.

그의 손끝에서 울리는 파동이 쉬지 않고
모든 사물에게 묻는 것이다.
기억은 성큼 다가오는 발걸음에 놀라 달아나므로
최대한 낮은 걸음으로 겸손하게 기억을 더듬는 것이다.
떠나간 소년은 돌아오지 않을 것이다.
수평선 끝을 아침마다 살피며
돛이 너덜너덜 찢어질 때까지.
노인은 하염없이 더러는 육지를
묵묵히 항해 중인 것이다.

비명

입에서 길고 위태로운
외줄 하나가 쏟아져 나왔다.
마치 마술사의 입에서
쉴 새 없이 나오던 속임수같이
화려한 색실을 속에 품고 있는
잿빛 줄이다.

비명은 가끔 도움을 달고
다시 제자리로 돌아오기도 하지만
반복되는 시점에는
찡그린 마침표가 있다.

위태롭다, 안간힘 이런 말들은
모두 외줄 같아서
어느 한쪽이 뚝 끊어지고 만다.
긴 터널을 지나 출근하는 길엔
온통 분리된 외줄들이
아슬아슬하게 비껴간다.

흐트러진 줄 끝마디에 매달린 색실들이
간간이 떨어져 나갔다.

매일매일은 꼬인 외줄을 풀어내는 일이다.
입은 한 번도 순응하거나
순조로운 줄을 풀어낸 적 없는
야당野黨 같다.

아무리 생각해도
외줄과 친하지 못한 까닭은
고무줄을 툭 자르고 도망쳤던
골목이 있기 때문이다.

4부

침묵의 거리

침묵의 거리

전기선 하나가 끊어지고
집은 한동안 어두운 침묵에 든다.
배전함에서 집까지의 거리
그 짧은 거리가
불통과 칠흑의 거리였다는 것
그렇다면 세상은,
지구는 너무 위태롭다.

중력을 주고받는 별들의 그 광속의 사이가 위태롭고
집과 집들 사이, 전봇대와 거실의 거리. 그 지척이 위태
롭다. 치닫는 빗줄기와 줄기식물들의 사이와 막, 익어가
는 열매들 속엔 깜깜한 씨앗들이 정전으로 꺼져 있을 것
이다.

아직 저장하지 못한 원고가
0과 1 사이를 오락가락한다.

침묵의 거리, 말은 몇 볼트의 전류로 흐르는 것인가.

다정은, 분노는 또 몇 볼트이고 어떤 종류의 피복으로
둘러싸였을까. 밤과 비와 정전의 피복으로 둘러싸인 지
구는 숨이 막힌다.

　침묵하는 시간
　그건, 저 배전공들의 수고처럼
　끝없는 거리와 거리를
　수선하는 시간이다.

황묘농접도*와의 침묵

고양이는 태어나면서부터 노인이다.

황묘黃猫는 어느 노을에서 뒹굴다 온 것이 분명하고

불붙일 부지깽이 같은 꼬리는

활착을 따라 점점 멀어지고 있다.

나비는 팔순이 되었다고 하나 그건 땅속의 나이

접蝶이 품고 있는 관록의 검정은

나보다도 어린 색일 것이다.

사철패랭이도 돌도

모여든 고양이와 나비도

모두 한통속에서 나온 채도다.

가려운 곳을 마음대로 긁는다는 여의如意.

묘猫는 발바닥이 가려운 짐승이다.

마른 붓끝만 있으면 돌은 변함없이 제자리에 있는
존재이고 접蝶은 날개를 먹여 살리는 곤충이므로 날
개엔 먹이를 구걸하는 눈이 빼곡히 차있다. 고양이의
부드러운 등이 탐이나 그 등에 날개를 달고 날고 싶어

한다. 날갯짓의 동경과 이젠 훌쩍 화폭을 뛰어오르
고 싶은 고양이는 나비의 고상한 검정이 탐이 난다.

　바탕을 떠나지 않으려는
　음각陰刻의 이름과
　바탕을 딛고 일어선 양각陽刻의 호가
　나란히 공존한다.
　화폭에 담긴 장수와 건강을 발라먹다가
　묵직한 낙인에 혀를 데인다.

* 단원檀園 김홍도金弘道의 그림

밑이라는 곳

숨을 곳 없을 때 어느 밑을 생각해보자. 불빛 일렁이는 등잔불 밑은 말고 소나기 쏟아지는 적란운 밑도 말고 낙화나 보게 될 한여름 밑은 더더욱 말고 그저 하찮고 투박한 돌 밑 같은 곳. 그 좁은 틈새에서 재빨리 달아나는 미물들처럼 한없이 가벼운 것들일수록 무거운 돌 밑에 숨는다는 사실.

기우뚱거리다 넘어진다면, 가라앉을 수밖에 없는 사람들에게는 성전과도 같은 그런 밑. 그런 곳에는 체념이 웅크리고 있고 제 몸에 딱 맞는 조도照度가 있다는 것.

내가 아닌 곳이라면 어디든 숨을 수 있는,

아픈 발바닥이 있다면 가야 할 길이 끝이 보이지 않는다면 가장 부끄러운 밑에 숨죽이다가 그 아래 꿈틀거리는 미물들에게 위로를 받자. 누군가 납작한 처지를 들춘다면 불현듯, 소름 돋는 미물의 처지를 하소연하자. 숨어서 수많은 발만 키워온 다지류多肢類라고 알려주자.

세상 어떤 바위 밑에도 다 바글거리는 틈이 있다고 보
여주자.

달은 옹이다

달은 환한 옹이다.

생채기가 아직 낳지 않아

밝게 곪아간다.

또 어떨 때 보면 찍힌 도끼의 자국이다.

파인 흔적을 스스로 치료하는 달

상처와 치유가 반복되는 도끼에는

파란 물이 배어있다.

38만Km 밖은 검은 나무들로 무성하다.

우주는 불 꺼진 숲이고

밤에만 빛나는 작고, 먼 옹이들이

총총 빛나는 밝은 숲이 된다.

도끼를 위한 달

어쩌면 저 먼 곳까지 간 인디언들

큰 가지 하나 뚝, 잘라놓고

1월의 달을 만들었을지도 모른다.

옹이에서 떨어진 달의 씨앗,

나무들, 가지마다 빨갛게 별을 태운다.

계수나무 흔들릴 때 활짝 핀 옹이
싸늘하게 식은
모닥불 피웠던 흔적에 눈 내려 하얗다
숲, 옹이 속에선 곧 새싹이 움틀 것이고
막, 검은 연기 속을 빠져나오는 달

모닥불 속에선 옹이가
가장 늦게까지 탄다.

사슴 견학

내가 처음 그 사슴 농장을 견학했을 때는
사슴의 뿔에서 잡초를 뽑고 있었다.
뿔은 헝클어진 피라고 주인이 알려주었다.
사슴은 어느 쪽으로든 같은 뿔을 키우지 않는다.
좌, 우는 엄연히 달라서 그사이를
가늠하는 일이 사슴이 하는 일이라고 했다.
늦가을 풀밭 같은 등을 쓰다듬으면
풀씨들이 후드득 떨어진다고 했다.

그 사이 툰드라를 탐험하는 원정대가 지도를 구하러 들
렀다. 그들은 사슴의 별을 반나절 동안이나 살피고 갔다.
밤과 낮의 길이를 쟀으며, 한가로움과 복잡한 이면의 깊이
를 쟀다. 늪지대와 크레바스가 있는 지점에 동그란 표시를
하고 아직 자라지 않는 길을 예상하면서 걱정했다.

붉은 과즙이 흐르는 열매를 얻어먹었는데
그건 작년에 자른 뿔을 심었더니
올여름 처음 달린 과일이라 했다.

뿔에 걸린 늦은 밤이

쉽게 아침으로 넘어가지 못하였다.

잠에서 깬 뒤, 사슴에 대한 꿈 해몽을 찾아보았다.

행운과 재물과 승진의 복덩어리

뿔을 받치고 사는 사슴은

숭고하다

수많은 영혼이 매달려 숨 쉬는 날에서

엉킨 듯 아름다운 한 날을 엿본다.

쌓여가는 것은 책뿐이었을까

책이 쌓여간다.

몇 권의 수학책이 펼쳐진 채 겹쳐져

서로의 몸을 합산하고 있다.

돌려줘야 할 시집이, 읽어야 할 시집들이

번호를 각인한 제목을 품고 있다.

수북이 쌓인 흰 용지들이 재활용과

폐기의 수순을 기다리는 동안

속셈을 다 잃은 볼펜은 나뒹굴고

서로 다른 기울기로 누운 한 뼘 자들은

기하학적 각도를 꿈꾼다.

무엇부터 치워야 할까.

치운다는 건 끝이 났다는 뜻이다.

잠시 내게서 자리를 비우라는 뜻이다.

내 것이 아닌 것들에게 너무 많은 날들을 종사했다.

가져가야 할 것들과 두고 가야 할 것들을

무심하게 분류하다 든 의문

쌓여가는 것은 책뿐이었을까?

뒤돌아선 돼지 저금통의 꼬리에서

잘려나간 지우개의 절벽에서

매달려 지친 시간이 고민 중이다.

폐가

뼈만 남은 동물의 주검은 앙상한 폐가다.

개울물과 작은 풀숲 사이에 있으니

옛말로는 배산임수背山臨水다.

'ㄷ'자로 앉힌 풍수로 보아

사방을 겁박했던 종種이였을 것이다.

가운데 풀꽃 몇 송이는 정원이고

부드러운 숨이 드나들었을 들창은 문살만 앙상하다.

갈증 난 개울이 모든 물기를 짜내어 갔다.

적막한 오지,

오지는 스스로 물러선 듯 보이지만

바람과 기후의 출입이 잦았다.

뼈는 몇 세기 전 비문처럼

지구의 중심으로 숨어들려 한다.

작대기로 건들면 받침들이 흐트러져

죽음의 변명마저 사라질 것 같다.

문지방 사이를 떠돌던 극명한 상형,

아직 꼬리가 달린 집은 한 획을 추가하였다.

입은 식음을 전폐하고 굶어 죽어야 하는

맹수의 사명을 지켰다.

연기를 끊은 굴뚝에선 파란 풀 냄새가 난다.

딸린 수유가 없는 것으로 보아

무자식의 폐가는 네 발 중력의 씨앗이

잠시 머물다 가는 우주의 징검다리다.

폐가는 허물어져 가는 터만 지키고 있다.

더 깊은 초록을 뽑아 올리려는 대지가

마지막 남은 뼈의 그림자까지 도려내려 한다.

수목한계선

무거운 것들은 낮은 곳에 있고
가벼운 삶은 곧잘 떠오른다.
이곳까지 물줄기가 올라오는 것이 신기하다.
수돗물을 틀면
헉헉거리는 물이 쏟아진다.
물은 헉헉거리면서도 저의 일과를 위해
다시 끌어 올려진다.
나도 나름 높은 곳에서 잠자고
낮은 곳으로 밥을 벌러 간다.
집마다 조림지가 있다.
고무로 찍어 낸 화분이거나
집들의 경계를 깬 틈에 나무를 심으면
완전한 나의 소유인 그늘이 자란다.

고도와 고층은 서로 다른 곳이다.
납작한 집들, 이 고도에는
집들의 키가 자라지 못한다.
귀들은 얇아지고 모든 소리는

환청이라고 여기면 살만하다.

동사무소 직원들은 흡사

등반가의 차림새로 올라온다.

이제 모든 집의 지붕은 이끼류로 변할 것이다.

한 번 뜨기가 어렵지

그다음 이곳까지 떠 오는 일은

의외로 쉽다.

라플란드, 배로곶, 추코트, 나리얀마르

그리고 신림동 달동네

모두가 한계선 위에 있다.

서서히 집의 벽을 옭아매는 크레바스

인간의 집들에 적응하기 위해 핀

마지막 꽃이다.

장의사

공중을 가로질러
장의 업체가 들어섰다
여름 한 철 날개들이 걸린다.
몰려간 바람들이 갓길에 주차하고
신호등은 깜박거림의 속도로 조문을 한다.
실을 풀고 다시 수의를 만들던 그는
평생 뽑아낸 실로
자신의 목을 돌돌 말고 죽었다.

서양식 장의사는
염을 하고 습의를 입히고
촉수로 몸속의 물기를 뽑아낸다.

더 실을 뽑을 수 없는 그는
실 뽑는 꿈을 꾸고 있다.

바람 부는 날, 플래카드처럼 펄럭이던
장의업체는 나뭇가지와 나뭇가지 사이에

위태롭게 걸려있었다.
천賤한 직업과 또 천夭한 직업은
다 먹고 살자고 하는 일인데,
죽은 이는 반함飯含으로도 배가 부른다.

주인이 떠나고
거미줄에 걸려있던 날개가
사그라질 듯한 저물녘엔
거미들이 실 뽑을 준비를 한다.

거미는 먼 친척을 닮았고
절지동물 계보엔 하늘과 직통하는
천한 직업이 있었다.

두려움을 골라내다

고양이들이 모여들었다.

몇 번 주던 밥이 매일매일이 되었다.

꼬리를 잃어버린 관습처럼

차 밑으로 기어드는 은신법 하나 더 생겼다.

고양이들은 여전히 나를 무서워하면서도

내가 챙겨주는 밥 주위로 모여들었다.

내 밥은 무섭지 않았을까.

밤이면 두려움을 맛있게 골라 먹는 소리가

식어가는 엔진 밑에서 달그락거렸다.

두려움 속에서 밥을 골라내는 일은

예견되지 않았던 것이었다.

웅크린 경계 속에 곤두선 매일의 끼니가 있고

밥그릇을 다 비우면

굽은 등에서 가시가 돋았다.

빈 그릇의 힘으로 사는 존재들은 안다.

챙겨주는 밥이란 없다는 것을

밥 속에서 두려움을 골라내는 일은

인간에게도 오래된 습관이었다.

죽음만큼 숭고한 식사에는
살기 위해 죽여야 했던 많은 것들이
그릇 밑으로 자꾸 기어들어 간다.
그러니, 골라내지 못한 두려움을 먹은 밤에는
온몸의 털이 쭈뼛쭈뼛
날을 세우는 것이다.

저녁을 남기다

공원의 구석을 담당하던 사내가
누군가 먹다 버린 식은 컵라면을 먹는다.
아무리 퉁퉁 불은 양이라도
한 끼의 양도 못 되는 끼니다.
이미 오래전에 온전한 것들과 결별했으므로
그는 남겨진 일생을
남겨진 것들로 연명하기로 한 것 같다.
한걸음 물러선 저녁도 그렇고
구겨져 힘없는 종이 상자도 그렇고
점점 두꺼워지는 눈동자도
온전하지 않는 것은 모든 것의 종점이다.

세상의 남은 것들이 모두
그에게로 몰려든다면
한여름에도 저렇게 두툼한 남루를
껴입은 모습일까.
남은 것들로 남은 것을 지나가려는 저 처세는
특별한 계산도 없어서

내리는 비에 젖는다 해도
크게 밑지는 일이 아닐 것이다.
남긴 국물과 불은 면들이
그럭저럭 웅크릴 요기가 된다.
사내의 회상이 상한 음식들과 섞이듯
식사는 묵묵하다.

온전한 어둠이 슬금슬금 그에게
말을 건네지만, 잃을 것 하나 없는 그가
아무 상대도 하지 않는 밤이다.

포장

어느 세상에서 어느 세상으로 가는 선물꾸러미인가

웅장한 뱃머리처럼 울렁거리다가 흘수선처럼 찰박거
리다가 눈 내려, 미끄러워 지상에 내려와 잠시 쉬는 달
이 되었다가.

누가 찔레꽃 덤불로 포장해 놓았을까
겨울엔 앙상한 봉분을 드러내더니 지금은
파릇한 속도로 꽃무늬 포장을 한다.

고된 택배기사가 양지바른 언덕주소에 버려두고 간
꾸러미
수취인불명 낙인이 찍힌 편지 같은

느리게 가는 그림자 시간이 자꾸 뒤처졌던 산 그림자
와 겹치는 때, 몸은 급하고 마음은 한없이 느린 구부정
한 신기루 하나 가끔 나타났다 사라지는 저 언덕 위 아
름다운 포장은 막 숨 끊어 고요한 사람 하나 도착하기를

기다리는 중인지도 모르겠다.

　산 사람이든 죽은 사람이든

　사람이 사는 곳, 모두 선물꾸러미 같다.

　시간의 흐름 사이에서 교묘히 섞여있는

　햇살가닥으로 매듭지어 놓으면 바람이 툭툭 풀어보

기도 하는

　우리는 이미 누군가 풀어보았거나

　묶이고 있는 잘 포장된 선물꾸러미 같다.

감기

사람이 사나워질 때가 있습니다.

으슬으슬 털갈이를 합니다.

그르렁거리는 소리는

컹컹거리는 기침은

깊은 골짜기의 울림입니다.

메아리는 하루 종일 산을 맴돌 것입니다.

두 눈이 붉게 타오르고

웅크린 몸이 원시로 돌아가고 있습니다.

움츠려 있던 오한이 곧 터질 듯 몸부림칩니다.

구름의 휴지가 필요할 때입니다.

길들인 늑대의 송곳니가

하얗게 뽀드득거립니다.

예민한 짐승의 송곳니가

몸속을 돌아다니기 때문일까요.

사람의 입맛이 아닙니다.

단내가 나는 것이 이미

한 마리를 먹어치운 듯 입가를 핥습니다.

활짝 핀 꽃이라도 달여 먹어야 할까요.

며칠 동안 따뜻한 아랫목을 지고 다녀야겠습니다.

누군가를 물어뜯어야

병이 옮겨갈 거라는 주술을 점점 믿게 됩니다.

까르르 웃는 여우의 간지럼을

목에 두릅니다.

짐승의 판단으로

사람의 분간으로

머릿속은 지끈거립니다.

한 벌 두툼한 털을 구해야겠습니다.

이혜미

2006년 〈중앙일보〉 신인문학상으로 등단
고려대학교 대학원 박사 수료
시집으로 『보라의 바깥』(창작과비평, 2011),
『뜻밖의 바닐라』(문학과지성사, 2016)가 있다.

사물의 손잡이를 열어
생의 비밀을 깊숙이 들여다보는 시인

- 이도훈 시인 인터뷰

이 혜 미(시인)

시집은 시가 머무는 집이다. 시들은 때로 순한 입주자처럼 집 안을 맴돌다가도, 문득 대담하게 튀어나와 스스로 움직이기도 한다. 또한 시집을 읽으려 펼치는 사람의 손길에 이끌려 세상 밖으로 나오기도 한다. 그렇기에 시집을 펼쳐보는 일은 한 세계를 만나는 것이며, 시가 있는 집의 문을 열어 그 속의 글자들을 꺼내어 주는 일이기도 하다. 그렇기에 이도훈 시인은 "책, 한 장 한 장마다 손잡이가 있다"(「책갈피」)고 믿는다. 책의 갈피마다 돋아난 작은 손잡이를 발견하고 그 문을 열어주려는 마음은, 세계를 보다 새로운 시각으로 바라보려는 태도이며 사물이 숨기고 있는 생의 비밀스러운 구석을 들여다보려는 자세이다. 목련에서 "마당 한켠에 불 지피는 아궁이"를 찾아내고, 셔틀콕에서 "하얀 새"를 발견하며,

모나미 볼펜 한 자루에서 "안드로메다를 찾는 은하 열차"까지 다녀올 수 있는 스케일 큰 상상력은 이처럼 작은 손잡이에서 비롯된다. 이도훈 시인의 첫 시집 『맑은 날을 매다』의 출간에 맞춰 시인과 만나 인터뷰하는 자리를 가졌다. 이도훈 시인이 책갈피마다 심어둔 시의 문들을 직접 열어 보고자 함이었다.

＊

이혜미 : 이도훈 시인님, 안녕하세요. 인터뷰를 준비하며 시집 원고를 계속 읽었더니, 왠지 오래 본 사이처럼 친근하게 느껴지네요. (웃음) 시집 이야기에 앞서, 요즘 어떻게 지내고 계신지, 근황을 먼저 청해 듣고 싶습니다.

이도훈 : 네, 반갑습니다.

아이들에게 수학 가르치는 일을 계속하고 있고요. 본업 같지 않은 본업, 책 만드는 일도 열심히 하고 있습니다. 화성문협에서도 활동하고 있고요. 8월 18~19일 제12회 화성제부도바다시인학교 행사를 잘 마쳤습니다.

그리고 얼마 전 〈웅컴퍼니〉에서 주관하는 〈한국문학,

당신의 오늘〉 "노숙인에게 들려주고 싶은 희망 이야기"
프로젝트에 참여해서 행사를 잘 마쳤습니다.

이혜미 : 시와 관련된 여러 장소에서 활동하고 계시는
군요. 제부도에 얼마 전에 다녀왔는데, 바다가 정말 아
름다운 곳이더라고요. 시인학교를 열기 좋은 곳이다 싶
네요. 등단하신 뒤 어느덧 3년이 지났습니다. 등단이 늦
은 편인데, 한국방송통신대 국어국문학과를 졸업하는
등 그간의 문학에 대한 노력과 열정이 짐작됩니다. 처음
시를 쓰겠다고 마음먹었던 계기가 궁금한데요. 등단하
기까지 어떤 과정을 겪으셨는지 들려주세요. 등단 이후
에는 어떤 것들이 달라졌는지도 함께요.

이도훈 : 시는 중학교 때부터 썼어요. 교과서에서 시
를 처음 배우면서 썼던 거 같습니다. 그러다 공부하느라

시를 잊고 살았고요, 20대 후반에 다시 쓰기 시작했어요. 그런데 또 일하느라고 잠깐 손 놓게 되었어요. 그때 어느 시인을 만났는데 그분이 저보고 시 쓰지 말라고 했어요. 시인이 살기도 버거운데 일반인까지 시를 쓰면 곤란하다고요. 전업 시인이셨거든요. 그분은 저를 모르겠지만 저는 지금 그분이 어디 사시는지 알고 있어요. 그래서 제 출판사에서 시집 만들 때마다 보내드리고 있어요. ㅎㅎ 재밌죠! 좀 늦었지만 저는 시인이 될 운명이었나 봐요.

직접적인 계기가 된 것은 30대 후반쯤이었는데요. 그당시 버킷리스트 쓰는 게 유행했어요. 그때 내가 정말 하고 싶은 게 뭔지 생각해 보았어요. 그게 시더라고요. 시를 제대로 써보고 싶었어요. 그래서 한국방송통신대 국어국문학과에 편입해서 정말 힘들게 공부를 마쳤습니다. 시험 기간이 아이들과 늘 겹쳐서 시험 보기 바로 직전에도 아이들 보충을 해야 했지요. ㅎㅎ 졸업하고 나서 시를 쓰고 응모하는 반복된 생활을 했어요.

등단하고 나니까 시를 쓰는 게 더 진지해진 거 같아요. 예전에는 진짜 수박 겉만 핥는 시를 쓴 거 같아요. 지금은 전보다 사물에 더 깊이 있게 다가가려고 노력하고 있습니다. 시간이 필요하다는 생각이 들어요. 우리가 연륜이라고 하는 그 긴 시간이….

이혜미 : 그렇죠. 등단이 의미 없다는 말을 많이 하지만, 시인으로서의 다짐이나 태도 같은 것들에는 도움이 되는 것 같아요. 훨씬 예전부터 시를 써오셨으니 더욱 흔들림 없이 나아갈 수 있었던 것 같습니다. 시집 『맑은 날을 매다』는 이도훈 시인의 첫 시집입니다. 첫 시집을 내는 소감이 궁금하네요. 또 제목이 독특한데, 이 시를 표제작으로 삼은 이유도 궁금합니다.

이도훈 : 첫 시집 준비는 오래전부터 했습니다. 시집을 낼 기회도 많았고요. 그런데 왠지 서둘고 싶지 않더라고요. 그래서 계속 미뤘습니다. 잘한 거 같아요. 지금도 아르코문학창작기금 수상작가로 선정된 것이 꿈 만 같아요.

「맑은 날을 매다」는 젖은 빨래에서 물이 떨어지는 모습을 보고 짓기 시작했어요. 빨래에서 떨어지는 물방울이 사람이 흘리는 눈물이라는 생각이 들었어요, 어쩜 빨랫줄도 같이 울었을 거고 그렇게 한 벌의 옷을 다 말리는 동안 줄은 물로 다 변했을 거라는 상상으로 전개가 되었죠.

맑은 날이 좋아요. 기분도 상쾌해지고 몸도 가벼워지는 것 같고, 우리 인생도 이렇게 맑은 날이었으면 좋겠어요. ㅎㅎ

이혜미 : 맞아요. 시집은 흩어져 있던 시들에게 몸을 입혀주는 일인데, 조급하게 낼 필요는 없지요. 다시 한 번 창작기금 선정을 축하드립니다. ^^「맑은 날을 매다」라는 표제시는 빨래에서 사람의 감정을 발견하고, 그것을 이미지로 구체화시킨 시였지요. 근사하게 여겨지는 제목입니다. 시집 구성 시 가장 염두에 둔 점은 무엇이었나요?

이도훈 : 일단은 제 이야기를 먼저 하고 싶었어요. 내가 누군지 알아야 내 시를 좀 이해하지 않을까 해서요. 저 개인적인 이야기들을 먼저 했고요, 등단작하고 그동안 잡지에 발표했던 시들 중에서 선별해서 실었습니다. 그리고 미발표작품도 포함했습니다.

이혜미 : 그렇군요. 시집에서 가장 두드러지는 점은 동시대 시인들과 구별되는 세련되고 섬세한 언어 감각이었습니다. 사물에 대한 자유로운 상상력도 인상 깊었고요. 특히 「셔틀콕」과 같은 사물을 소재로 한 시들에서 이도훈 시인이 가진 장점이 잘 드러나는 것 같습니다. 셔틀콕을 "깊숙이 숨어있던 하얀 새"로 비유하여 배드민턴을 대화를 주고받는 행위로 표현하셨는데, "몇몇 단어는 결국 우리의 곁을 떠다니고/라켓은 낮거나 짧은 관계를 잘도 띄워 올렸다" 같은 문장들이 말을 주고받는

행위에 대한 고찰로 이어지는 연결이 자연스러운 깊이
를 획득하고 있었어요. 「달은 옹이다」와 같은 시도 달과
옹이라는 사물의 결합이 좋은 사유로 이어지고 있고요.
이렇듯 일상의 사물들에서 새로운 이미지를 발견하는
특별한 방법이 있나요?

이도훈 : 사실, 책상에 앉아 시를 쓸 시간이 없어요. ㅎ
ㅎ 아침에 일어나서 글 좀 써 볼까 하면 그날 꼭 처리해
야 할 일들이 기다리고 있어요. 그런 일 몇 개 처리하고
나면 오전 시간이 다 지나가지요. 그리고 밖에서 볼일을
몇 가지 보면 오후 시간도 다 지나가지요. 저녁에는 아
이들에게 수학을 가르쳐야 해서 시간이 없고요. 밤에는
책 만드는 일을 해야 해요. ㅎㅎ

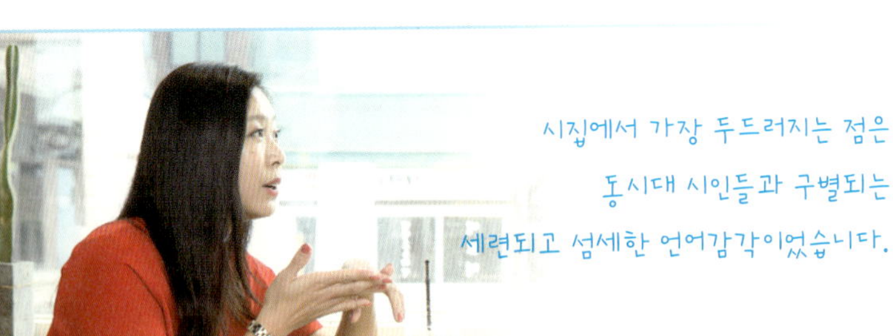

이혜미 : 이런, 정말 바쁘시네요! 시를 쓰실 물리적 시
간이 많이 없겠어요. 그 한계를 어떻게 극복하시는지
요?

이도훈 : 저는 시를 쓰려는 하나의 소재나 이야기가 생각나면 며칠 동안 그 내용만 생각해요. 예를 들어 "셔틀콕"에 대해서 시를 쓴다면 며칠 동안 셔틀콕 생각만 해요. 운전할 때, 잠깐 쉴 때, 아이들이 수학문제 푸는 동안 낙서도 하고요, 잠들기 전에도 셔틀콕에 대하여 곰곰이 생각해 보아요. 셔틀콕과 관련된 옛날이야기들, 배드민턴 쳤던 일, 공 찾으러 다니던 일, 잃어버린 공이나 야광 공 등등. 그렇게 며칠을 보내고 나서 글을 써요. 글 쓰는 장소는 가리지 않아요. 차를 세워 놓고 쓰기도 하고, 근처에 있는 아무 카페에 들어가서 쓰기도 하고, 수업하다 잠깐 쉬는 시간에 쓰기도 해요. 글 쓸 시간이 없다는 게 글을 더 쓰게 만드는 것 같아요. 그리고 여러 번 수정하는 과정을 거치면서 퇴고를 해요. 그리고 비밀인데요, 어떤 시들은 평온할 때보다는 짜증 나고 화날 때 매듭을 지어요. 시에서 뭔가를 표출하고 싶을 때요. 오늘 있었던 일 중에 짜증 났던 일들을 떠올리기도 하면서 시를 마무리 짓지요. ㅎㅎ

이혜미 : 감정의 표출이라는 점에서 꽤 비슷한 면이 있는 것 같네요. (웃음) 사실 마음속의 화나 짜증을 시를 통해 배출할 수 있다면 굉장히 건강하고 긍정적인 일이지요. 운동을 해서 노폐물을 바깥으로 배출하듯이, 시를 쓰며 마음에 쌓인 찌꺼기들을 해소할 수 있다면 그만한

처방도 없다는 생각이 듭니다.

이도훈 시인의 많은 시들에서 언어에 대한 예민함과 소위 '문장을 자유자재로 가지고 노는' 능숙함이 느껴집니다. "소화기 속에는/유사시가 가득 들어있다./가벼운 안개 같은 것들이 고요하게/안전핀 하나로 견딘다"는 문장으로 시작하는 「유사시」 같은 시는, '유사'라는 단어와 '시'라는 단어를 분리하여 새로운 의미를 창출하고 있습니다. 「빗줄기는 몇 볼트일까」에서는 빗줄기와 전류의 이미지를 연결하여 의미망을 형성하고 있어요. 이처럼 언어의 분리와 연결이 자유자재로 이루어지는 점이 이도훈 시인의 시가 가진 매혹적인 지점이라는 생각이 듭니다. 언어에 대한 특별한 생각이 있으실 것이라는 생각이 드는데요, 시를 쓸 때 가장 염두에 두는 부분이 무엇인지요?

이도훈 : 제가 언어에 대해서 재능이 있는지는 모르겠어요. 하지만 시를 위한 시를 쓰지 않으려고 해요. 소재는 늘 주변에서 찾고 내 이야기를 하려고 해요. 가끔 나와 다른 사람의 이야기도 하지만 그 안에는 또 내 이야기가 있지요.

학원에 소화기가 있어요. 가끔 소화기를 거꾸로 들어서 내용물을 흔들어 주어야 해요. 한 번도 써본 적이 없어서 다행이지요. 소화기 안에는 함박눈이 있다고 상상을 하곤 해요.

쓰레기장에 누가 버린 멀티탭이 비를 맞았는데, 그 멀티탭도 예전에 늘 하던 대로 전기를 품고 싶지 않았을까 하는 그런 생각을 해 봤어요.

사물을 보고 상상하고 그 속에 나를 넣어봐요. 그러다 보면 모습들이 이어지고 장면 사이의 말들이 풀리는 것 같아요.

이혜미 : 사물 안에서 자신의 모습을 만나고, 나의 단면에서 세계를 만나는 것이 시쓰기의 큰 매력이지요. ‘시를 위한 시’ 즉, 언어 속에서 자폐적인 유희를 즐기는 종류의 시를 쓰지 않는다는 확고한 의견이 인상적이네요. 그만큼 시 속에 담기는 진정어린 마음을 중요시 여기는 것 같습니다. 그러고 보면 시집에 “내 어릴 적 살던 동네 (「으쓱거리는 어깨」)”의 풍경이 종종 등장합니다. 유년시절의 기억에서 시상을 가져올 때, 아무래도 그 속에는 보다 깊은 시간의 무게가 들어서게 되지요. “아버지를 기울이면/깨진 사금파리가 쏟아졌다 (「유리병 숭배」)” 같은 문장들에서는 잘 다독여온 슬픔 같은 것들도 함께 느껴졌습니다. 이도훈 시인은 어떤 유년을 지나오셨나요? 특별히 기억나는 어릴 적 장면이 있다면 소개해 주세요.

이도훈 : 제 유년은 좀 우울해요. 아버지가 병으로 앓아누우신 때가 제가 초등학교 4학년 때인데 그날 이후로 밖에 나가 놀 수가 없었어요. 옆에서 아버지 잔심부름을 해야 했거든요. 그래서 그런가 그 이전에 놀던 공터가 지금까지도 그리워요.

누군가를 의지해야 했는데, 의지할 수 있었던 사람이 동네 형들이었던 거 같아요. 이름은 기억이 나지 않지만, 저를 더 챙겨줬던 거 같아요.

아버지는 술을 많이 좋아하셨는데, 병으로 앓아누운 이후로 술을 드실 수가 없었죠. 어느 날 학교를 마치고 집에 왔는데, 양지바른 곳에 쭈그리고 앉아 옆집에서 내놓은 술병을 보고 계시더라고요. 그때는 그게 뭔지 몰랐는데, 이제는 알 것 같아요.

"겅더리되다"라는 말이 있어요. '고생이나 병 따위로 몸이 파리하고 뼈가 앙상하게 드러나다'라는 뜻이에요. 아버지가 겅더리되는 모습을 4년간 지켜봤어요. 바로 옆에서. 그냥 아이는 버릇이 좀 없어도 아이처럼 크는 것이 좋은 거 같아요. ㅎㅎ

이혜미 : '겅더리'…… 처음 듣는 단어네요. 아버지의 육체가 천천히 무너지고 낡아가는 모습을 곁에서 지켜본 시간이, 소년이었던 이도훈 시인에게는 아주 강력한 이미지로 남아 있을 것 같습니다.

　　현재 〈온새미로〉 동인으로 활동하고 계십니다. 동인
에 대해 조금 소개해 주실 수 있을까요? 함께 시를 쓰는
동료들이 있다는 것은 아무래도 글 쓰는 데에 큰 힘이
될 듯합니다. 동인 활동에서 기억나는 에피소드가 있다
면요.

　　이도훈 : 〈온새미로〉는 화성시 송산면에 계시는 정대
구 교수님과 함께 시를 공부하는 모임입니다. 대부분 연
세가 많으신데 최근에는 젊은 분들(30~40대)도 모이고
있어요. 8-10명 정도가 모여서 공부를 합니다.

　　교수님께 배우는 것이 정말 많아요. 시나 학문에 관한
지식이 풍부하시고요, 박목월 선생님께 세배하러 간 이
야기나 천상병 시인과 길에서 만나 나눈 이야기 등 신기
한 이야기도 많이 들어요. 그런 이야기들을 기록으로 남
기고 싶은데 그러지 못하고 있어서 안타까워요.

　　교수님은 여든이 넘은 연세에도 창작에 대한 열의가
대단히 높으세요. 동인들도 모두 열심히 시를 쓰는 분들
이고 교수님의 영향을 받아서 진솔한 시들을 쓰셔서 그
분들께도 많이 배웁니다. 온새미로는 동인 시집도 내고

시화전도 하고 왕성하게 활동하고 있습니다. 이번에는 11월 6~8일에 여의도 국회의원회관에서 출판기념회 및 시화전과 시 낭송회를 같이 합니다.

사담을 나누다 보면 손주 이야기들을 많이 해서 제가 벌금을 정했어요. 손주 자랑하면 5만 원, 손주 사진 보여 주면 10만 원. 그런데도 손주 이야기를 많이 해요. 벌금도 안 내고. ㅎㅎ

이혜미 : 이런. (웃음) 알 것 같아요. 손주 이야기를 서로 하신다니 그것도 참 친근한 모습이네요. 그렇다면, 시를 쓰시지 않을 때에는 주로 어떤 활동을 하시나요? 몰두하고 계시는 취미나 활동이 있다면 소개해 주세요.

이도훈 : 시간이 날 때···, 옛날이야기네요. ㅎㅎ 한때는 사진을 찍기도 했어요. 형이 아마추어 사진작가라 어깨 너머로 배우기 시작했지요. 대학 때는 사진동아리에서 활동도 했어요. 요새는 특별한 일이 아니면 그냥 휴대폰으로 찍습니다. 그림을 그리고 싶어서 미술학원에 다닌 적도 있어요. 지금도 가끔 스케치 같은 걸 해요. 여행을 좋아해서 며칠 공백이 생기면 혼자 자유여행을 가요. 마지막 자유여행이 5년 전인 거 같아요. ㅎㅎ 지금 같으면 하루 날 잡아 등산이라도 했으면 좋겠어요. ㅜㅜ

제가 딱히 잘하는 건 없는데 또 못 하는 게 없어요.

아버지를 닮았나 봐요. ㅎㅎ

지금은 시간이 나면 음…, 수학 동영상 찍어야 해요. [POP수학] 카페에 올리고 있는데요, 앞으로 2년은 더 찍어야 할 거 같아요. 으악~

이혜미 : 그러고 보니 수학을 가르치시는 선생님이 시를 쓴다는 것이 얼른 연결되지는 않는데요. (웃음) 이도훈 시인의 시에는 수학이나 이과적 분위기가 풍기는 것은 그다지 많지 않았던 것 같은데, 두 가지의 전혀 다른 분야가 충돌을 일으키지는 않나요? 혹은 더 시너지를 받으시는 면이 있는지요? 수학을 가리치면서 가지는 생각이나 재미있는 일화가 있다면 듣고 싶습니다.

이도훈 : 수학에 관련된 시들이 몇 편 있는데 이번 시집에는 빠진 것 같아요. 수학과 시는 공통점이 많아요. 수학 문제를 관찰하고 직관적으로 풀어내는 힘이 시에서 사물을 관찰하고 말로 표현하는 힘과도 연관이 있는 것 같아요. 그런데 시에서의 수학적 표현을 독자들이 이해하지 못할까 해서 써 놓고도 고민을 많이 합니다.

주로 고등학생들과 수학 공부를 하면서 느끼는 건데, 이런 (어려운) 문제까지 풀어야 하나 하는 생각이 들 때가 있어요. 그럼 둘이 투덜투덜하면서 문제를 풀지요. 가끔 저도 못 푸는 문제가 나오기도 해요. 풀 수 있어도

너무 풀이가 길고 복잡한 문제도 있는데, 사실 앞으로
수능 시험에서는 안 나오는 유형이거든요. 그럼 "나쁜
문제"로 규정하고 안 풀고 넘어가기도 해요. ㅎㅎ

이혜미 : 맞아요. 수학과 시를 아예 다른 분야로 규정
하는 것도 단순한 생각이지요. 고대 그리스 시대에는 문
과나 이과라는 구분 없이 자유롭게 학문이 교류했는데,
현대의 교육 체계가 성립되면서 학문 간의 구분이 너무
엄격해진 것 같아요. 분명 공유하는 지점들이 있는데도,
그 분류 때문에 오히려 심리적 장벽이 높아지는 느낌이
랄까요. 수학을 가리치며 글을 쓰시는 것이 그런 점에서
기존 상식을 뛰어넘는 면이 있는 것 같습니다. 그러고
보니 이도훈 시인께서는 현재 〈도서출판 도훈〉이라는 1
인 출판사를 이끌고 계시지요? 주로 어떤 책들을 내시
나요? 출판인으로서의 계획이나 목표가 있다면 어떤 것
이 있는지요.

이도훈 : 주로 시집하고 에세이집입니다. 동화나 평론
집도 만들었어요. 문학지 작업도 하고요. 물론 제 수학
책인 [POP수학]도 있어요. ㅎㅎ

처음에 책 만드는 일을 할 때는 책을 싸게 만들어야
했어요. 같이 활동하던 사람들이 여유가 없다 보니 어떻
게든 싸게 만들어야 했거든요. 그래서 싸게 만들 궁리만

했지요.

그런데 제 출판사를 만들고 나서는 생각이 좀 바뀌었어요. 책이라는 것이 누구에게나 기념적인 것인데, 오래도록 좋은 기억으로 남게 잘 만들어야겠다는 생각이 들었어요. 제가 직접 편집하고 디자인하니까 인건비는 거의 안 들어요. 가끔 표지를 외주 줄 때도 있는데 그래도 다른 곳에 비하면 많이 싼 편이지요, 비용이 저렴한 만큼 좀 더 좋은 종이를 쓰고 표지를 더 좋게 꾸미려고 하는 편입니다.

책을 만들어서 돈을 많이 벌고 싶은 생각도 있는데요. 그것보다도 좋은 책을 만들고 싶어요. 나를 믿고 찾아오는 분들에게 두고두고 마음에 흡족해서 손이 가는 책, 그리고 다른 사람들에게 "내 책입니다" 하고 자랑스럽게 건넬 수 있는 책을 만들어 주고 싶어요.

이혜미 : 1인 출판이 혼자 모든 것들을 만들어야 하니 손도 많이 가고 마음 품이 드는 대신, 원하는 방향대로 얽매임 없이 책을 낼 수 있는 자유로움도 함께 있는 것 같아요. 이번 시집에서 가장 마음이 쓰이는 시가 있다면 어떤 것인지요? 한 편을 소개해 주시고, 얽힌 에피소드나 후일담이 있다면 함께 말씀해 주세요.

이도훈 : 「유리병 숭배」요.

이 시는 사실 제 아버지 이야기이기도 하지만 저의 이야기이기도 해요. 딸이 고등학교를 졸업하고는 잔소리를 안 하려고 해요. 이제 다 컸으니까 "알아서 잘해라" 이런 주의거든요. 어느 날 잔소리를 할까 하다가 참고 있는데 아버지 생각이 났어요. 아버지도 나에게 하고 싶은 말이 있지 않았을까? 저는 착한 아들이었어요. 천성이 착하다기보다는 사고 칠 환경이 아니어서, 착하게 살 수밖에 없었던….

병든 아버지도 나에게 하고 싶은 말이 많았지만 할 수 없지 않았을까? 병목 구간처럼 목에도 병목 구간이 생겼다는 생각, 아버지도 나도. 그런 생각이 들었어요. 그래서 「유리병 숭배」를 읽다 보면 어렸을 때의 일들이 다 생각이 나요.

이혜미 : 주로 어떤 일들이 생각나시나요? 이제 아버지가 된 지금 시점에서 다시 곱씹어볼 만한 기억이 있을 것 같아요.

이도훈 : 저의 아버지는 엄하셨어요. 형, 누나들은 호되게 혼났지요. 저는 막내였고 혼날 나이가 됐을 때쯤 아버지가 병으로 앓아누우셔서 혼이 난 기억은 없어요. 저 대신에 형, 누나들이 대신 혼이 났겠지요. 성실하셨고 부지런하셨어요. 그리고 말씀이 없으셨어요. 아무래도 병목 구간이 있었던 거 같아요. 아니면 막내에게 많이 미안하셨는지도….

어렸을 때 아버지 친구분들과 야유회 따라갔던 일, 아버지가 서울에 올라와 처음 정착했던 신림동 달동네를 같이 찾아갔던 일, 시골에 갔다 오는 길에 원두막에서 참외를 사 먹던 일.

병드시고 나서는 늘 누워계신 등만 봤지요. 딱 한 번 아버지랑 병원에 같이 갔었어요. 그때가 초등 5학년 때인데, 그게 아버지의 마지막 외출이었던 거 같아요.

햇볕을 쬐며 쭈그려 앉아 있던 모습 그리고 마지막 숨을 거둘 때의 모습.

말씀이 왜 없었을까요? 막내한테 뭐라고 말 좀 남기시지. 그래서 그런가? 저도 말이 많은 편은 아니에요. ㅎㅎ

이혜미 : 막내라서 혼이 덜 난 대신, 이야기도 많이 나누지 못한 아쉬움이 있으셨겠군요. 부모님은 떠올릴수록 함께 못 한 일, 아쉬운 일이 더 많이 생각나는 존재인 것 같습니다. 「유리병 숭배」 외에도 마음 가는 시가 있

으실 것 같아요.

이도훈 :「목련」이라는 시가 좋아요.「공지사항」「매미」도 좋고요.

「예의 없는 비명」도 좋아요. 제가 처음으로 원고료를 받은 시라 뜻깊고요, 주위 분들도 이 시를 많이 좋아해요.

좋아하는 문장은「목련」에서 "빈 솥이 끓여내는/맹물 같은 희망이 있기 때문이다."입니다.

우리가 그렇게 살고있는 거 같아요. 판도라의 상자에 남겨진 '희망' 때문에 하루하루 버티고 사는 거 같아요. 원하는 대로 다 이루어지지는 않겠지만 그래도 지레짐작 포기하는 것보다 희망을 품고 사는 게 좋지 않을까요?

이혜미 : 저도「목련」이라는 시가 참 좋았어요. 목련이 가진 다소 나약한 이미지, 창백한 이미지를 전복해서 오히려 펄펄 끓는 아궁이로 비유하셨잖아요. 좋은 시들은 이렇게 흔히 가지게 되는 고정관념을 뒤집는 것 같습니다. 이도훈 시인에게 시를 쓰는 일은 어떤 의미인가요?

이도훈 : 시를 쓴다는 건 내 눈에 들어온 어떤 사물이나 감정들을 오랫동안 다시 살펴보고, 관찰하고 그 속에서 나를 발견하는 과정이라고 할까요.

모든 사물 속에 내가 찾고 있는 답이 있다고 생각해요.

또 사람이 다양하지만 결국은 다 비슷하다고 생각해요, 그래서 다른 사람에게서 나를 찾으려고 해요.

근데 제 시에 제 색깔이 없대요. ㅎㅎ 아직도 나의 색을 찾으려고 노력하고 있습니다.

이혜미 : 계속해서 과정 중이겠지요. 이번 시집을 통해 자신의 색에 더 가까이 다가가는 계기가 되지 않을까요. 이도훈 시인은 가장 좋아하는 단어가 무엇인가요?

이도훈 : 비와 눈을 좋아하고 노을도 좋아해요. 바람도 좋아하고요. 부사어에 관심을 두고 공부 중인데요, '여전히', '어쩌면'이라는 말도 자주 쓰는 거 같아요. '~지' '~체' 이런 말도 자주 쓰는 거 같고요.

그중에 제일 좋아하는 단어는 '비', '눈', '노을'. 하늘을 꽉 채우는 것 같아서 좋아요. 하늘이 텅텅 비어있잖아요. 그래서 늘 허전한데, '비', '눈', '노을'은 하늘을 가득 채워서 좋아요.

이혜미 : 그렇네요. 조용하던 하늘이 열심히 무언가를 만들어내고 흩뿌리는 모습이 참 보기 좋지요. 비와 눈, 노을이 없다면 시인들이 참 허전했겠어요. (웃음) 마지막으로, 앞으로의 계획을 듣고 싶습니다.

이도훈 : 우선 시인이니까 시를 잘 써야겠지요. 늘 주변에서 저를 걱정해 주시는 분들의 일괄적인 말입니다. 저도 그렇게 생각해요, ㅎㅎ 신춘문예도 됐으면 좋겠고요.

딸이 이번에 대학을 졸업해요. 그래서 제가 대학원을 갈까 생각 중입니다. 문학을 더 공부하고 싶습니다.

책 만드는 일도 더 열심히 해야겠지요, 시간이 되면 동화나 소설도 쓰고 싶어요. 할 일도 많고, 하고 싶은 일도 많아요. 시간과 돈이 허락해주지 않아서 문제지요. ㅎㅎ

그래서 이번에 아르코문학창작기금 수상작가로 선정된 것이 너무나 감사해요. 숨통이 조금 트이는 것 같아요.

이혜미 : 네. 계속해서 배우고 도전하시는 모습이 멋집니다. 시집은 시인을 그에 어울리는 자리에 데려다 준다고 믿습니다. 단단한 날개를 지닌 이 시집과 함께 아름다운 자리로 마음껏 다니시기를 바랍니다.